CUENTOS QUE TE ESPANTARÁN EL SUEÑO

CUENTOS QUE TE ESPANTARÁN EL SUEÑO

VÍCTOR LOMELÍN RAMÍREZ

amatEditorial

Guadalajara 2021

Esta obra va dedicada a mi mujer, mi hija, mi madre, mi hermano y a todos aquellos seres queridos que me han brindado su apoyo durante este arduo proyecto; huelga escribir sus nombres aquí, pero en el fondo de sus corazones, ustedes saben quiénes son.

ÍNDICE

INTRODUCCIÓN

(ENCERRADO CONMIGO, EL DIABLO Y EL ESCRITOR QUE LLEVO DENTRO)

El confinamiento es algo que la mayoría de escritores apreciamos y disfrutamos a menudo cuando tenemos la oportunidad. Despertar un día sin alarmas y disfrutar de nuestro elixir mañanero antes de resguardarnos entre los brazos de nuestra musa, es tal como deseamos alcanzar el éxtasis en nuestras vidas monótonas; sin embargo, ¿qué pasa cuando nuestro sueño más anhelado se convierte en una realidad indefinida? Claro, huelga decir que como padre de familia y esposo, tengo obligaciones. Tengo un horario laboral y escolar al que debo adherirme rigurosamente, al igual que tareas que debo ejecutar en casa; y sólo cuando todo aquello se haya realizado, tengo un poco de tiempo libre para mí. Puedo hacer lo que me plazca con ese tiempo; puedo perderlo viendo series o jugando videojuegos, o lo puedo invertir leyendo y escribiendo. Al final de cuentas, la última decisión la tomo yo.

Con la fortuita llegada del COVID-19 a nuestras vidas, hemos visto cómo la madre naturaleza ha vuelto a tomar senderos que le fueron arrebatados desde hace décadas, como también hemos sido testigos de cómo nos hemos convertido en los protagonistas de una vida que sólo creíamos posible en películas de ciencia ficción y obras literarias. A continuación, antes de proseguir con los cuentos, les voy a relatar algunos de mis pensamientos y de los acontecimientos que seguramente llegarán a los oídos de mis nietos, y cargaré conmigo hasta mi tumba con la nitidez que los vivo ahora.

¿Quién no se aburre de la rutina? Despertarnos a horas inconsideradas de la madrugada, sólo para terminar sentados frente a una pantalla, haciendo algo que está remotamente alejado de lo que realmente nos apasiona. Son incontables las veces que ha cruzado por mi cabeza venderle mi alma al diablo a cambio de que me saque de aquella rutina, que por muchos años he considerado nociva, hastiosa y autodestructiva; no obstante, ¿qué tal si me otorgó mi deseo egoísta, pero con estipulaciones ruines y tergiversables que sabía que pasaría por alto? y peor aún, sin mi más mínimo consentimiento.

Cuando escuché por primera vez que la ciudad de Wuhan se estaba convirtiendo en una necrópolis a causa de un virus, no le di gran importancia; pensé que eran simples extrapolaciones de los medios sensacionalistas, hasta que la zozobra nos alcanzó al poco tiempo en Occidente y comencé a ver la trascendencia de la situación. Antes de que comenzaran a suspender actividades en mi ciudad, yo me había tomado unos días libres de la oficina; cuando regresé, me recibieron con la noticia de que nos darían *Home Office* a partir del día siguiente. Pensé entusiasmado: "tendría más tiempo para escribir", y los azares del destino se encargaron de que así fuera. Los primeros días era como estar de vacaciones en lo que a mi criterio era un paraíso: dormía un par de horas más, trabajaba desde la comodidad de mi casa, manejaba mis tiempos con mayor facilidad, tomaba mis clases en línea, y al concluir todas mis actividades, podía escribir hasta dejar a mi musa más extenuada que a una esposa recién casada en su luna de miel. Todo marchaba de maravilla, como un sueño hecho realidad, hasta que nos decretaron a todos la prohibición de la interacción social. A pesar de catalogarme a mí mismo como un retraído social y alguien de pocos amigos, existen personas que estimo y quiero con todo mi ser. Tengo amigos y familia que me preocupan a diario; tengo más de un mes sin ver a mi hija, un poco menos sin ver a mi madre y meses sin siquiera saber de mi hermano. Tengo la facultad de platicar con ellos a través de redes sociales, pero tristemente no brinda el mismo calor a mi corazón. Vivo encerrado como un animal en cautiverio, dialogando con mis perros o conmigo mismo en lo que llega mi mujer del trabajo, y aun así, es difícil ver un solo rostro y convivir con una sola persona a diario sin perder los estribos de tu salud mental.

Quizás la vida como la conocíamos antes de todo esto jamás regrese; me encuentro en veces extrañando hasta las cosas más ínfimas de mi rutina monótona y autodestructiva. Siempre pedí vivir la vida de un ermitaño, confinado y alejado de todo rastro de civilización; dedicarme íntegramente a la escritura y a mi familia, pero lo que recibí a cambio fue reclusión domiciliaria, dentro de una ciudad fantasma, apartado de los seres que quiero, pero con unas cuantas horas de más al día para poder ejercer el sueño que llevaba tantos años saboreando en lo más profundo de mi ser. Mi deseo al final de cuentas se realizó, no con esas clausulas perversas que en la vida habría aceptado voluntariamente, pero se realizó. El fruto que floreció de este confinamiento lo tienes ante tus ojos y espero que lo disfrutes como yo lo disfruté.

DE LA ESTACA DE AYER, FLORECIÓ EL ÁRBOL DE HOY

Soy tan provecto como el origen del ser humano, feral como la guerra e imperecedero como la miel. Presencié con mis propios ojos la construcción de Babilonia y la caída del gran imperio romano; coexistí entre ustedes durante milenios, me gané su confianza, para posteriormente traicionarlos con una sonrisa apócrifa, después de alimentarme de su ganado y sus mujeres a sus espaldas. No obstante, a pesar de nuestra naturaleza tan distinta, ignorando el hecho de que fueron creados para llevar vidas diurnas y efímeras, mientras nosotros fuimos creados para vivir bajo el frío resguardo de la luna, y presenciar la destrucción de su especie de inicio a fin como si se tratase de algún experimento retorcido, hay un ingrediente esencial que ambos necesitamos para vivir. Ese espeso y suculento elixir rojo que bombea con vitalidad, brilla al fluir, y circula por sus arterias, a nosotros nos convierte el paladar en agua y nos dilata las pupilas con tan sólo aspirar su dulce fragancia cálida como una buena copa de vino tinto.

No fue nuestra culpa nacer así; no debíamos ser segregados en las fronteras de su sociedad a insultos y agresiones, ni mucho menos merecíamos ser despedazados con las acuminadas puntas de sus estacas bañadas en ajo por las noches, simplemente por nuestra naturaleza oscura e incomprensible para una especie tan primitiva como la suya. Todos formábamos parte de la misma cadena alimenticia y traíamos un balance impecable al ciclo de la vida, pero su soberbia era demasiado grande y sus cerebros demasiado pequeños como para permitir que una filosofía tan sencilla entrara en ellos. Así que ciegos y egoístas, como sólo su especie puede llegar a ser, comenzaron a erradicarnos brutalmente de sus demarcaciones como si fuéramos portadores de la peste bubónica. Muchos de los nuestros perecieron, marginaron a otros hasta conducirlos a partes que ni siquiera sus mapas conocían; pero los más viejos llevábamos demasiado tiempo habitando esas tierras inmundas y habíamos maquinado nuestro plan de contingencia para cuando llegara el momento. En cuanto se nos presentó la primera oportunidad, nos infiltramos en el primer barco con destino al Nuevo Mundo, para alejarnos de la incesante cacería que estaba mermando a nuestra especie al borde de la extinción.

Llegué y me establecí en una ciudad que contaba con mis necesidades primordiales y mis vastos gustos cosmopolitas; un lugar lo suficientemente grande para no aburrirme, pero sobre todo, para salir desapercibido entre tanto extranjero. Estaba en un paraíso pintado de cielos grises y arquitectura colonial; era similar a la vieja España, sólo que aquí no habían cacerías de brujas ni de vampiros cada doce campanadas, sólo gente trabajadora y gentil que disfrutaba de la vida al igual que yo. Estaba jocundo en mi nuevo hogar, en Guadalajara. Durante meses, viví aislado y solventaba mis gastos comerciando ropa por las noches, lo cual resultó bastante redituable. Cuando mis impulsos ancestrales tocaban ante mis puertas y exigían un trago más fuerte que un simple vino o aquel tequila que bebía hasta caer dormido a lado de alguna damisela afortunada, me alimentaba del ganado y las mascotas que merodeaban los alrededores. Los lugareños aterrados posteriormente encontraron las carcasas deshidratadas de sus animales en alguna zanja nauseabunda en las afueras de la ciudad, e inmediatamente le atribuyeron las desgracias a otro ser llamado: "El Chupacabras". Ante su respuesta tan errada de la realidad, no pude contenerme; tomé ventaja de su rotunda ignorancia y decidí un día probar mi suerte y salir de caza por algo que no hediera ni a mierda, ni a tierra.

Como un buen hábito que jamás se pierde, acostumbraba a rodearme de mujeres bellas y de ángulos perfectos; disfrutábamos de un buen vino y una charla profunda, antes de terminar encerrados en mi alcoba bajo el resguardo de mis finas sábanas de seda, sin tener que recurrir al control mental. Los hombres me odiaban por mi increíble don; al principio, pensé que era por la elegancia de las prendas negras que portaba, pero después percibí la envidia en sus miradas al ver cómo mi gallardía atraía a sus mujeres como moscas. Aquella noche no fue la excepción, los caballeros reunidos en esa sucia taberna me siguieron con sus miradas tan ardientes como las antorchas que persiguieron a mi especie, al verme salir con una hermosa damisela colgada del brazo. Llevé a la bella desafortunada a la limítrofe, donde nadie la encontraría, entre suaves risas y dulces besos en el cuello. Ahí, le arranqué el corsé sutilmente con los colmillos y la arrinconé apasionadamente contra la corteza de un árbol. Jadeante y con el rostro enrojecido como una deliciosa manzana de temporada, ella comenzó a desabrocharme la camisa, botón por botón, y justo cuando pensó que lo haríamos en el bosque como dos amantes a escondidas, desenvainé mis colmillos blancos y rígidos como el marfil, y se los clavé en el cuello.

Sus ojos se abrieron como una llama en la oscuridad y comenzó a patalear, luchando desesperadamente por su vida a fuertes zarpazos, hasta que su cuerpo cedió y quedó inmóvil sin una sola gota de sangre sobre la tierra. El pánico cundió al día siguiente, cuando un granjero se cruzó con el cuerpo de la joven. Nuevamente culparon a aquel enigmático ser de morfología incierta, ya que al parecer compartía la misma infame costumbre de drenar a sus víctimas, hasta dejarlas secas como momias. Aproveché que le siguieran atribuyendo el crédito de mis fechorías a esa pobre criatura, y continué durante semanas haciendo lo mismo, hasta que un día, las cosas comenzaron a tomar otro giro.

Sin poder localizar al culpable de los asesinatos, ni al tan aclamado "Chupacabras", alguna mente prodigiosa sugirió que las sangrientas obras podían tratarse de un vampiro. Todos los ojos de los alrededores se habían enfocado en mí por mis peculiares antecedentes. Algunos fisgones se habían percatado de que no salía a la calle durante horas diurnas, y que muchas de las damas con las que me llegaron a ver salir de los tugurios, terminaban desnudas y desangradas en algún rincón del bosque después, como el almuerzo de los insectos para la mañana siguiente. Como ya se imaginarán, los dedos de todos no tardaron en encañonarse en contra mía, mientras el miedo crecía como fuego en sus ojos. Abogué por mí con la perspicacia que me habían dotado tantos años de sabiduría y les llené la cabeza de calumnias que por un momento pensé que se habían tragado con éxito; me esperé unas cuantas semanas hasta que sus mentes se despabilaran de las atrocidades que ocurrían misteriosamente en las afueras de la ciudad, hasta que una noche, salí de cacería por última vez.

Aquella noche era perfecta, el cielo estaba cubierto bajo una manta luminosa de nubes grisáceas, y el aire arrastraba con él, su delicioso aroma a tierra mojada.

Esta vez haría algo distinto, caminaría hasta aquellos parajes poco frecuentados y esperaría hasta que mi cena llegara a mis pies. Vestido de negro como de costumbre, me fundí en la noche y esperé pacientemente entre los árboles. A las pocas horas, se aproximó una joven tierna y de harapos sucios, acompañada de un asno. No acostumbraba a alimentarme de chicas tan jóvenes, pero era tal la sed que quemaba mi garganta, que sucumbí ante mis instintos más turbios. Desenfundé mis colmillos como dos cuchillas afiladas y me abalancé sobre la niña. Su asno salió despavorido inmediatamente y rebuznando hasta perderse en el bosque; dejándonos solos a ella y mí, tirados bajo la tierra suelta. En cuanto abrí mis fauces para penetrar su tierno cuello aún de niña, un crujido estrepitoso me hizo girar la cabeza, consternado. Detrás de los árboles, nos embistió un ejército de lugareños corriendo hacia nosotros con herramientas de campo empuñadas como armas y antorchas que rompían el sosiego de la noche. Por primera vez en mi vida, sentí que mi corazón palpitaba como el de mis víctimas antes de presenciar su prematura muerte. Sentí cómo jalaban de mis extremidades como una jauría de sabuesos rabiosos, intentando desprenderlas de mi cuerpo a tirones violentos. Un hombre se asomó entre la muchedumbre con una estaca improvisada y la situó sobre mi pecho, con una expresión despreciable que sólo había visto antes reflejada en los ojos de mis víctimas. El hombre estaba gozando plenamente de mi miedo y sufrimiento como yo lo disfruté durante milenios. Conforme descendía la estaca hacia mí, mis ojos fueron abriéndose horrorizados, viendo cómo el maldito perforaba mi pecho y la enterraba con un ímpetu que creía imposible en los humanos; ensañándose conmigo en nombre de todas las almas que había tomado, y apuñalándome con ella una y otra vez, como si fuera una máquina de coser. De ahí, me arrastraron hasta una sucia zanja y depositaron mi cuerpo deshecho en una lápida, enterrándome junto con aquella estaca que atravesaba mi pecho, como a un vil e inmundo animal que nadie extrañaría.

Después de aquella noche, la gente volvió a salir durante horas nocturnas con toda tranquilidad, y mi nombre quedaría archivado como una innoble leyenda de aquella hermosa ciudad. Por mucho tiempo pensé que era inmortal; que nada ni nadie podía borrarme de la faz de la tierra, y no me había equivocado. Trascendieron los años, y de la estaca que penetró mi pecho aquella noche, floreció un imponente árbol sobre mi lápida. Sus raíces se ramificaron en la tierra y alimentaron mi cuerpo moribundo con la sangre pútrida de los cadáveres que poco a poco fueron haciéndonos compañía, hasta fusionarnos en uno solo. Ahora lo único que puedo hacer es dormir, descansar por los siguientes centenares en este antiguo panteón, hasta recuperarme y recaudar la energía suficiente para poder acabar con su sucia especie. Esta vez no discriminaré a nadie, arrasaré con toda la humanidad como ustedes arrasaron con los míos.

EL VEREDICTO DE NUESTRA MADRE BIOCENTRISTA

En las entrañas de un bosque frondoso, donde el viento frío entonaba sus aullidos y sacudía las púas verdes de los pinos en movimientos etéreos, había un pequeño asentamiento edificado con tiendas desgastadas y cabañas roídas por el óxido. Alrededor de una crujiente fogata que serpenteaba hacia lo alto, se hallaba un peculiar y extraño grupo de colonos andrajosos, reunidos a su alrededor, sumergiendo unos trozos de carne color rojiza púrpura, con la punta de sus brochetas, dentro de sus feroces llamaradas.

-Es lo último que nos queda- murmuró un anciano de barbas largas, canas y sucias; con labios resecos y estriados, al voltear a ver a sus adeptos con ojos achacosos. -Si no llegan los hombres que mandamos a la ciudad hace tres días con suficientes provisiones al anochecer, algunos de nosotros no vamos a alcanzar a ver el ocaso del día siguiente.

Algunos de los desventurados cruzaron miradas; sus ojos lábiles delataban su miedo abismal ante el paradero incierto de los hombres más fuertes del asentamiento.

-¿Cree que los capturaron?- Preguntó aterrada una mujer de rostro sucio, dientes enlamados y cabellos enmarañados, mientras reposaba sus manos ennegrecidas por la tierra, sobre la criatura innata que crecía dentro de su rebosante vientre. -Debieron regresar desde ayer antes del atardecer.

-No lo sé- contestó el sabio al negar con la cabeza, sin perturbar su demacrado semblante. -El bosque no es menos peligroso que la ciudad o los pueblos que lo rodean; y aun así, tenemos a los hombres más fuertes allá afuera y no sabemos si van a regresar con vida. Sé que los que estamos aquí estamos enfermos o demasiado débiles como para salir allá afuera a cazar o saquear, pero debemos hacer un esfuerzo por...

De repente, el agudo llanto de un infante interrumpió las severas palabras del anciano desde alguna de las chozas cercanas. Otra mujer de rostro sucio y dentadura podrida, se puso de pie y giró la cabeza hacia aquella dirección.

-Parece que ya se despertó Darko- dijo la mujer al levantar la brocheta y arrancarle un trozo de carne sin temor a quemarse. -Enseguida vuelvo.

La desventurada mujer caminó hacia la tienda donde se escuchaba el llanto. Sobre ella, las ramas afelpadas de los pinos se meneaban serenamente como si tuvieran vida propia, mientras el aire fresco siseaba a través de ellas y el llanto del niño se intensificaba conforme avanzaba. La mujer siguió caminando hasta toparse con una tienda amarilla como las plumas de un pollito y se percató de que no la había cerrado bien antes de reunirse con los demás.

-Pobrecito- se musitó a sí misma al darle otra mordida al trozo de carne chamuscada. -Ha de tener frío y hambre mi pobre bebé.

Al llegar al pie de la tienda, asomó la cabeza por la apertura. La mujer quedó petrificada y helada como una escultura de hielo, y soltó la brocheta, cayendo ésta sobre la tierra. Arriba de sus harapientas sábanas manchadas, un enorme lobo raquítico, de pelaje gris ajustado que exhibía las curvas y hendiduras de sus costillas, de zancas largas y flacas como las de una araña, cargaba a su bebé entre sus amarillentas fauces, mientras las extremidades de su hijo se retorcían como robustos gusanos rosados y lloraba inconsolable. El lobo veía a la madre fijamente a los ojos, con su iris de color hueso reflejando la silueta fantasmagórica de la mujer parada frente a él. La mujer veía a su hijo de semanas prensado entre los largos y amarillos dientes del lobo. A simple vista, parecía que el niño sólo estaba asustado, ya que la colosal bestia no parecía poner mucha presión sobre su cuerpo rosado. La mujer comenzó a agacharse paulatinamente, sin despegarle la mirada de encima al lobo, y envolvió su mano alrededor de la brocheta, ya que no había nada más con que defender la vida de su hijo. El lobo siguió astutamente cada uno de sus movimientos lentos con la cabeza, como si predijera lo que haría a continuación. Alrededor de la fogata, los demás colonos terminaban de comerse la última ración de carne vieja que les quedaba, cuando un grito desgarrador perturbó el sosiego del bosque entre las tiendas y cabañas de láminas oxidadas.

-¡Auxilio!- gritó la madre con un eco vibrante que espantó a las aves de sus nidos.

El lobo sujetó con firmeza al infante, quien comenzó a llorar con más fuerzas y a retorcerse con vehemencia, y salió despavorido con el niño prensado entre sus fauces de la tienda, hundiendo sus colmillos en su delicada piel. Un mar de lágrimas se desbordó por el mugriento rostro de la madre, al ver cómo un camino de sangre cálida se iba trazando detrás del lobo, mientras los llantos de su hijo se alejaban con rapidez. Entre las tiendas y cabañas de fierro viejo, una barricada humana le cerró el paso bruscamente al lobo, quien tenía ahora frente a sus narices, los cañones de unos rifles deshuesados y las puntas de unas flechas masticadas por la herrumbre. La madre lo arrinconó por detrás, con una enorme rama sujetada entre las manos. El lobo desesperadamente giraba la cabeza de un lado a otro, amenazándolos con sus gruñidos que revelaban sus enormes colmillos teñidos de sangre, mientras retrocedía con sus patas tremulentas con el infante, que no paraba de zangolotearse entre sus fauces. La bestia se giró hacia la madre de un brinco y nuevamente se le quedó viendo con esa mirada penetrante e indómita. La mujer apretó fieramente la rama y la elevó a la altura del pecho con firmeza.

-Suelta a mi bebé, por favor- suplicó la madre entre murmullos, mientras sus lágrimas agrias limpiaban su rostro manchado de tierra y mugre.

El lobo, como si comprendiera el dolor por el que atravesaba la madre, se acercó hacia ella a pasos ligeros e intermitentes y con la cabeza agachada. Conforme se acercaba, la madre iba bajando la rama al mismo paso lento, pero tirante. El lobo finalmente se paró frente a ella y fue descendiendo al pequeño, mientras hilos brillantes de sangre le escurrían por el hocico. La madre cerró los ojos y apretó la quijada en llanto al ver a su pequeño pasar por un escenario tan descarnado en sus primeras semanas de vida. La mujer soltó la rama y extendió los brazos lentamente, mientras el lobo descendía a su hijo. La bestia canina se detuvo y se quedó estática, al ver cómo la rama golpeaba y rebotaba contra el suelo, mientras las manos desarmadas de la madre se acercaban temblorosas a ella. En eso, en sus penetrantes ojos claros como la superficie de un hueso, destelló una chispa ávida; la bestia había visto su oportunidad y la madre se percató de ello demasiado tarde. El lobo hundió sus patas sobre la tierra fresca y salió disparado por el costado de la madre, aventándola hacia un lado con la cabeza. La madre logró aferrarse de su pelaje, pero se le escurrió como el agua entre los dedos. Los colonos, atarantados y cegados por el pánico que los invadió, la hicieron a un lado y dispararon sus rifles y sus arcos a ojo limpio, al escuchar cómo el llanto desgarrador del niño se alejaba del asentamiento. Mientras el lobo corría y zigzagueaba con su motín entre los árboles con una agilidad sorprendente para su paupérrima condición, divisaba a sus costados cómo la tierra se hacía polvo a puñados y la corteza de los árboles era arrancada a balazos. Su cuerpo ardía como la magma, debido a la adrenalina que circulaba bajo sus pellejos, ocasionando que la bestia no sintiera o reaccionara ante el dolor o el cansancio. Escuchaba cómo las flechas siseaban y cortaban a través del viento, y se clavaban con un fuerte golpe a su alrededor, acompañadas por los gritos rabiosos y las maldiciones que proferían sus perseguidores por detrás. El lobo finalmente se sumergió dentro del espeso bosque, dejando atrás las detonaciones de armas y las exclamaciones. La madre desahogó un último gritó salpicado de dolor que se escuchó recorrer cada rincón del bosque como el lamento de un alma en pena, y se desplomó de rodillas, mientras los aldeanos intentaban hacerle justicia a su pequeño y se internaban en el bosque para continuar con la persecución. El lobo colocó al infante que aún luchaba por su supervivencia a retorceduras y llantos en la tierra, y lo abrazó con ambas patas. Envolvió su cuello con las afiladas hileras de dientes podridos que recorrían su hedionda mandíbula, y con un movimiento rápido y eficaz, le reventó el cuello con un crujido tan horripilante, que sería capaz de revolverle las tripas hasta al alma más fría. El horrible llanto finalmente cesó después de eso, y ahora lo único que se escuchaba, eran las voces furiosas y los pasos de los colonos sórdidos, rompiendo la hojarasca que reposaba sobre la tierra. El lobo levantó meticulosamente el cadáver del niño por la cabeza y abandonó sigilosamente el panorama. Después de semejante odisea, el lobo llegó victoriosamente a su frío y oscuro aposento. En el fondo de aquella gruta húmeda y gélida, resonaban unos chillidos dentro de su negrura impenetrable. El lobo llegó hasta ellos y colocó la malograda carcasa fresca del infante, frente a cuatro hermosos lobeznos, y se recostó exánime frente a ellos. Las pequeñas bolas de pelos caminaron torpemente hacia el cuerpo ensangrentado y magullado del bebé, y comenzaron a mordisquearlo por todas partes con sus diminutos colmillos inocuos. Recostada sobre la piedra fría, los efectos de la adrenalina comenzaron a desaparecer, y la incansable matriarca comenzó a sentir cómo un charco helado como el hielo comenzaba a formarse bajo su costado. La loba chilló un par de veces y recostó la cabeza en el suelo, ya que estaba demasiado extenuada como para revisarse la herida que le penetraba hasta el alma. Desde su lecho, vigiló el armonioso festín de sus crías con una mirada agotada y maternal, y selló sus párpados para siempre antes de desahogar su último aliento.

INFRATERRESTRES

Quién diría que todos estábamos condenados para pudrirnos en el infierno. Sepultados bajo kilómetros de escombros que alguna vez pertenecieron a la cumbre de nuestra gran civilización; alimentándonos ahora de nuestras propias heces e hidratando nuestras gargantas con nuestra orina; sacrificando de cuando en cuando alguna extremidad que ya no nos sirva, para variar el escaso menú que nos ofrece este sitio inhóspito. Vivimos como gusanos inmundos, escurriéndonos entre los cadáveres pútridos y malolientes de los desafortunados, muchos conocidos, otros familiares, mientras escuchamos sus chirriantes y perforantes lamentos varias capas bajo nosotros.

A ciencia cierta, es casi imposible distinguir entre los lamentos de los que estamos realmente aquí varados, moribundos, famélicos, y sin noción alguna del tiempo, a los que nos abandonaron hace años y ahora nos gritan de manera desgarradora desde el oscuro, insondable y ardiente núcleo de la tierra. Eso sí, escuchar sus incesables lamentos y sus llantos inconsolables, una y otra vez sin saber si son reales o si ya forman parte de nuestra imaginación como una psicofonía, es algo un millón de veces más placentero, a escuchar las atrocidades que ocurren desde la superficie, que desde hace años, no nos pertenece.

Esos gritos que te desprenden la piel de un tirón, te bañan la cara en lágrimas, y hacen que te quieras arrancar las orejas de la exasperación, fue lo que nos orilló a refugiarnos bajo esta ciega guarrería en primer lugar. Esas abominaciones colosales, rojas, palpitantes y membranosas como un cuerpo a carne viva, compuestas por bolas encima de más bolas de grotescos músculos, son nuestra mayor razón para compartir estas grietas apretadas y fétidas, con las olas de ratas virulentas que también nos cazan a menudo cuando tienen la oportunidad.

LOS OJOS DEL BOSQUE

¿Alguna vez te has enfrentado a una situación en la cual comienzas a temer por tu vida? O peor aún, ¿has encarado un escenario en el que la vida de algún ser querido oscila de un hilo por tu culpa; viendo cada detalle inerte desde tu asiento, con los ojos descarnados, arrancándote el cabello a puños, mientras la misma muerte se burla de ti en tu cara, con esa sonrisa pérfida y roída que intenta sacar lo peor de ti; viéndote a los ojos con sus enormes tragaluces infértiles, plagados por una oscuridad más negra que el espacio? Aunque mis recuerdos no sean nítidos, mis emociones son tan frescas como en aquella desastrosa velada. Esa noche recibí mi veredicto, y lo que te relataré a continuación, fue el comienzo del infierno que se encargaría de consumirme paulatinamente por el resto de mis días. Todo se fecundó hace once años, cuando mi vida estaba esclarecida de puras bendiciones. Contaba con un trabajo excepcional, me había casado con una mujer sublimemente hermosa, con la cual concebí a dos varones apuestos y talentosos, que se convertirían en nuestra máxima vitalidad. Desde el instante en el que nuestro pequeño Bernardo floreció del vientre de su madre y fue resguardado entre sus brazos, ella se encargó de sellar con un amor desquiciado, un pacto maternal milenario, con un cálido beso sobre su suave frente. Tres años después nació nuestro hijo Felipe, quien fue recibido en nuestra pequeña familia con el mismo amor que su hermano, y en un parpadeo efímero, nuestros pequeños impulsores crecieron sin percatarnos de los años. A partir de aquí es cuando los días colmados de magia y regocijo quedarían enterrados en los abismos de la tierra como parte de la historia, y marcarían la pauta a las nuevas olas periódicas de tragedias y desdichas que arrasarían con los estratos de nuestra salud mental. El origen a nuestras desgracias comenzó en medio de las fiestas decembrinas, cuando conducía con mi familia de regreso a la ciudad. Veníamos de visitar a mi familia. Mi mujer y mis hijos se hallaban descansando en sus asientos con un sosiego en sus rostros que me robaba la sonrisa, mientras yo combatía una mezcolanza somnífera ocasionada por las copas de más que había ingerido durante la noche, el desgaste físico y mi oposición al sueño. Mi cuerpo me suplicaba descanso a gritos, incluso me cerraba los ojos sin mi consentimiento; mas yo ignoré las señales y advertencias, sin imaginarme las consecuencias irreversibles que tendrían mis acciones incautas. En algún momento del trayecto, sin siquiera percatarme del horrible complot que maquinaba mi cuerpo en contra mía, mis pestañas repentinamente se sellaron como un libro pesado y mi cerebro se apagó. A partir de ahí, no volví a saber de mí, hasta dentro de cuatro meses, cuando desperté en la cama de un hospital, inmóvil, y más magullado que un mango que cae de lo más alto de un árbol. En cuanto mi cuidadora de bata color menta notó que comenzaba a despertar de mi profundo letargo, salió despavorida en busca del doctor que entraría a los minutos para darme el dictamen. Aquí fue donde comenzó mi maldición: aquella noche que viajaba por carretera con mi familia, había chocado contra un camión de carga; mi primogénito murió al instante en el accidente, junto al conductor del camión, y las almas de mi esposa junto con la de mi hijo menor, ahora estaban siendo disputadas entre la misericordia de la vida y la equidad de la muerte. Al final, la vida se apiadó de ellos y les otorgó una segunda oportunidad, pero con graves secuelas por delante. Mi pequeño Felipe se recuperó rápido, pero de mi esposa, lo único que quedaba de ella en este plano era su adusto y gélido exoesqueleto. Había perdido a su pequeño, al niño que le había otorgado el título de "madre". Una depresión omnipotente se había apropiado de su alma y cuerpo. A duras penas salía de la habitación. No comía, se alimentaba únicamente de su tristeza ácida, la cual la había convertido en un despojo viviente de huesos y piel. Cuando entró a la segunda fase de su depresión, los prolongados encierros en su cuarto habían llegado a su fin, pero ahora mis ojos dejarían de verla por la mayor parte del día. Salía de la casa antes del crepúsculo y regresaba en cuanto acontecía la noche. No platicábamos, mucho menos intimábamos, nos habíamos convertido en dos extraños compartiendo el mismo techo. Mi hijo y yo habíamos pasado a otro plano de su nueva vida. Practicó ese ritual monótono durante meses, hasta que un día, de manera casi milagrosa, una sonrisa volvió a asomarse por aquel rostro alguna vez desgastado, y un fulgor vigoroso recorrió la superficie de sus hermosos ojos almendrados.

-Tengo ganas de volver a convivir con ustedes como lo hacíamos antes- me dijo un día por la mañana, antes de llevar a Felipe a la escuela. -Llévanos de campamento, mi cielo. Quiero regresar el calor que alguna vez albergó nuestros corazones- me suplicó al envolverse alrededor de mí, con esa sonrisa que yo tanto había extrañado en los últimos meses.

Al plantarme las cosas en ese contexto, no impuse resistencia; creí ingenuamente que era nuestra oportunidad de volver a cimentar juntos nuevos momentos maravillosos, que pondrían fin a nuestros días plagados de infortunios y adversidades. Así que sin más preámbulos y con mayor premura, empacamos y ascendimos al auto un viernes por la tarde. En un par de horas, arribamos a un bosque en la limítrofe de la ciudad. Por primera vez nos veíamos eufóricos después de tanto tiempo. Entre Felipe y yo plantamos la casa de campaña; me veía con su mirada brillosa e inocente, como sólo los niños a esa edad la pueden llegar a tener, sonriendo de orilla a orilla, mientras la instalábamos con la minuciosidad parsimoniosa que yo acostumbraba hacer las cosas.

-Papá, me gusta ver que todos estemos felices otra vez.

Vi a mi pequeño a los ojos y le revolví su cabello con ambas manos, antes de plantarle un beso en la frente.

-A mí también- le contesté al voltear a ver a su madre, quien nos veía con una sonrisa detrás de la mesa, mientras preparaba la comida. -Ahora ve y díselo a ella, campeón.

Felipe corrió hacia los brazos de su madre y se envolvió en su cintura con calidez. Mi corazón se derritió como una vela encendida, al verlos fundir su amor después de meses de tanta indiferencia por parte de ella. Después de empaparnos entre tanta melosidad, Felipe y yo salimos en busca de leña. Al regresar, con una soga que tenía en el auto, y un tronco bastante rígido encontrado en la maleza, fabriqué una especie de columpio para Felipe. Jugamos y carcajeamos un buen rato bajo aquel pino de dimensiones colosales, antes de que Mariana hiciera la primera llamada para sentarnos a comer. Cuando pensé que las cosas no podrían ponerse mejor, Mariana calló mi soberbia al recibirnos con mi platillo favorito sobre la mesa: costillas a la BBQ. Los dos nos sentamos al ser extasiados por el suculento aroma de esas costillas carnosas bañadas en su dulce aderezo, con un ligero toque a miel. Las levantamos por los costados, y como un par de cavernícolas salvajes y hambrientos, las devoramos hasta dejar el hueso brillando de limpio. Comimos hasta cesar nuestro apetito y nos resguardamos bajo la tienda al llegar el anochecer. Yo me instalé frente a la fogata, bajo esa manta negra de relucientes cristales destellantes que recubría la cumbre de la atmósfera. Miré las estrellas desde abajo, agradeciéndole a Dios por el gesto taumatúrgico que tuvo con mi familia una vez más, y dirigí mi mirada hacia Felipe y Mariana. Los dos estaban envueltos como enchiladas, abrazándose el uno al otro, dormidos dentro de la tienda; Felipe aún con las mejillas embarradas de salsa BBQ. Esbocé una sonrisa que surgió desde lo más profundo de mi ser y desprendí una lágrima de la alegría que abrigaba mi alma. Por mucho tiempo me resultó imposible imaginar que las cosas volverían algún día a la normalidad. Así que destapé una cerveza y brindé con Dios por devolverme un pequeño fragmento de la vida que alguna vez tuve. Musité algunas oraciones por mi hijo Bernardo y le pedí que cuidara de nuestra familia desde el reino del Señor. Finalmente me llevé mi cerveza a la boca, cuando de repente algo salió pirueteando de la cúspide del bosque con vehemencia. Fue tal el susto que me llevé, que derramé mi cerveza sobre mi camisa. Al fijar mi mirada en el cielo, se me estremeció el recto y se me congeló el pulso, al ver cómo cuatro objetos circulares envueltos en unas llamaradas violentas, salían disparados en el aire, rugiendo como los nueve infiernos de Dante, sólo para volverse a sumergir en las entrañas del bosque más rápido de lo que pude parpadear. Tragué saliva después de ver semejante manifestación tan desconcertante; me encogí donde estaba y me aferré del mango de un cuchillo de cocina que utilizó Mariana a la hora de la comida. Levanté el cuello y clavé mi mirada aterrada en donde yo creí que pudieron haber aterrizado esas enormes bolas de fuego. No se reflejaba ni el más mínimo resplandor de luz en el bosque, como si la misma noche se hubiera tragado sus vestigios de un bocado. Volteé a ver a mi familia y corrí hacia ellos, sin una explicación lógica ante lo ocurrido.

-¡Mariana, cariño! ¡Despierta!- Exclamé al sacudirla desesperado.

Ella se volvió hacia mí, con los ojos entrecerrados.

-¡¿Qué pasó?! ¡¿Por qué tanto alboroto?!

-Quédate aquí hasta que regrese, por favor.

Ella me volteó a ver aún más desconcertada de lo que yo estaba.

-¿De qué hablas? ¿Ocurre algo?- Me preguntó, vislumbrando hacia afuera con los ojos entornados.

-No sabría decirte, pero creo que hay algo peligroso merodeando esta zona- dije al voltear hacia el bosque, horrorizado. -No salgas hasta que yo regrese, ¿está bien?

Antes de que ella me pudiera articular su respuesta, cerré la tienda y penetré el bosque con una incertidumbre obstinada. Conforme avanzaba entre los árboles, aquel mar de pinos negros se tornaba más silente con mi presencia. El crujido de la hojarasca provocado por mis pisadas se intensificaba, y a la vez, alimentaba ávidamente el miedo que se ramificaba cada vez más rápido dentro de mí. Con mi corazón bombeando violentamente entre mis manos, seguí caminando a ciegas en ese laberinto boscoso. Sin nada a la mano que me alumbrara el paso, me detuve y me recargué en un árbol. Mi respiración se escuchaba tan intensa, que cualquiera que se internara en el bosque a esa hora, podría encontrarme con facilidad al seguir el sonido de mis jadeos inquietantes. Cerré los ojos y comencé a pensar de manera lógica, o al menos eso fue lo que intenté:

"Esas enormes bolas de fuego pirueteando sobre los árboles pudieron haber sido fuegos artificiales, unos demasiado inusuales a mi experiencia como un adolescente con antecedentes piromaníacos; no obstante, ¿quién era yo para saber de fuegos artificiales en estos tiempos tan cambiados? También pudo haber sido algún bromista inconsciente intentando asustarme a mí y a mi familia, y si ésa hubiera sido su intención, habría logrado su objetivo el malnacido".

Cualquiera que fuera el caso, no estaba provocando un incendio forestal, ni representando una amenaza mayor para mi familia. Así que abrí los ojos después de hacer un intento patético de engañarme a mí mismo y me enderecé, cuando de pronto mis ojos captaron entre la penumbra, un fulgor rojizo que salió disparado entre los árboles, hacia el cielo estrellado. Y una vez más, esta vez seguro de lo que estaba atestiguando, vi cómo aquellas enigmáticas esferas llameantes volvieron a danzar sobre el bosque. Su rugido se escuchaba como un ejército de antorchas orbitando lentamente alrededor de una fuerza invisible al ojo humano. No obstante, esta vez al refugiarse nuevamente con presteza entre los árboles, después de segundos de estar allá arriba, un impacto ensordecedor sacudió la tierra hasta su núcleo, derribándome al suelo como un bolo de boliche. Caí de espaldas, giré mis ojos hacia la redonda, pero una vez más, no había nada más ahí que la negrura absoluta de la noche. Sin aliento y horrorizado, me levanté y corrí frenéticamente hacia la tienda, sin siquiera pensar en voltear hacia atrás. Entre los robustos pilares de madera, se filtraba la luz de la fogata. Corrí como si me pagaran por hacerlo, con mis ojos clavados en la línea final y sin pensar en nada más que no fuera llegar a mi objetivo. Cuando llegué tambaleándome al campamento, mi sangre se volvió gélida al ver lo que había al otro lado de la fogata. Al pie de la tienda, algo con rasgos humanoides, sostenía entre sus largos y famélicos brazos con garras punzantes, a mi hijo, quien se hallaba en un sueño profundo. La espeluznante criatura que emanaba un hedor a excremento seco y a orines estancados; desnuda, de piel árida y pálida, pescuezo largo y delgado como el de un ganso, con escasos mechones de cabellos cenizos cayendo sobre su rostro agrietado, senos macilentos, y ojos negros como las tinieblas, me observaba con una sonrisa siniestra y carcomida en su rostro, que parecía el del cadáver de una anciana con deformaciones faciales, mientras deslizaba el filo de su mugrienta garra sobre la piel de mi hijo, como si fuera el filo de una navaja recién afilada. Nos veíamos a los ojos mutuamente esa aberración contranatural y yo, sin pestañear. Dentro de sus enormes ojos completamente negros, se reflejaba la fogata que nos dividía, danzando siniestramente al tempo del viento, como las puertas del mismo infierno. Estaba en *shock*, mi mente no podía digerir lo que estaba pasando; no sentía miedo, no sentía nada en ese momento para ser honesto. Desde mi posición estática, busqué a mi esposa dentro de la tienda, detrás de aquella cosa genéticamente imposible de existir, pero no había rastro alguno de ella en ninguna parte. Con el mismo infierno que se reflejaba en sus ojos gelatinosos como una gota de tinta negra, y su sonrisa depravada que despertaba lo más ruin dentro de mí, volteé a verla intrépidamente.

—¡¿Dónde está mi mujer?!— Le grité al lastimarme la garganta de lo fuerte que grité.

La bestia ni se inmutó, parecía que llevaba horas sin parpadear. Siguió acariciando la cara de mi hijo con el filo de su gruesa uña larga y amarillenta. Apreté los puños, y dejándome llevar por mis impulsos más arcaicos, me lancé sobre ella, desesperado, e introduje mi cuchillo sucio en lo que creí que era su clavícula. La anciana diabólica emitió un grito escalofriante, y con una fuerza sobrenatural para su cuerpo, me arrojó contra un árbol de un fulminante zarpazo.

Sentí mi cuerpo deshecho por dentro al impactar, intenté levantarme, pero era demasiado tarde. De entre la espesura del bosque, emergieron como cuadrúpedos otras cuatro criaturas de semejanza homogénea. Me aferré a mi cuchillo con ferocidad y esperé el momento exacto para efectuar mi contraataque. Una de las cuatro me volvió a hundir en la tierra de un golpe, abalanzándose sobre mí, mientras intentaba arrancarme la piel de la cara a tarascadas con sus largos dientes podridos, como un animal rabioso. Me aferré de su asquerosa cara pellejuda y agrietada, enterré las puntas de mis dedos en su yugular, y con el otro brazo, clavé la hoja plateada de mi cuchillo en su sien. La vieja inmunda se desplomó sobre mí, exánime. Sentí cómo el peso muerto de su cuerpo comenzaba a estrujarme hasta agotar mi último aliento, cuando otra de ellas me arrancó el cadáver de encima y lo aventó al otro extremo del campamento. Antes de que mi mente ya bastante atrofiada por lo que había visto pudiera procesar lo que estaba ocurriendo, dos de esas cosas me sujetaron de los brazos, mientras otra se abalanzaba sobre mí y me enterraba la punta de una de sus enormes garras en la frente. Comencé a sentir algo líquido y cálido correr por ella, y sin noción alguna del pequeño intervalo que hubo durante ese lapso, desperté amarrado de los tobillos y muñecas contra un árbol, frente a un escenario satánico que parecía extraído de una pintura maldita del siglo XVI. Ante mí, estaban esas cuatro aberraciones de la naturaleza, danzando alrededor de un círculo trazado por altas velas llameantes, sujetando unas enormes dagas con hojas de hueso entre sus manos y fijadas en nuestra bóveda celeste, las cuales chocaban en las palmas de sus manos con un fuerte *thump, clack, thump, clack,* que sonaba como si fuera el agonizante latido del bosque. En medio de su círculo macabro que parecía un portal para convocar demonios, yacía mi hijo desnudo, colocado meticulosamente dentro de él, con sus extremidades extendidas a sus anchas. Mis ojos se envolvieron en una capa vidriosa y húmeda, y fijé mi mirada sobre mi pequeño.

-¡Déjenlo y llévenme a mí!- Les grité devastado, hecho un mar de lágrimas, retorciéndome violentamente en el árbol en el que me tenían atado.

En eso, las criaturas horripilantes se detuvieron súbitamente, y clavaron sus enormes ojos negros sobre mí. De repente, entre los resquicios oscuros, entre los árboles del bosque, una silueta blanca como la leche y ovalada se manifestó a lo lejos. Al principio, parecía una mancha borrosa que se acercaba lentamente hacia nosotros, traspasando los árboles como si fuera de humo, hasta que se incorporó al círculo. Si en algún momento pensé que no podía existir algo en la tierra más aterrador que aquellas ancianas roba niños extraídas del infierno, la vida estaba a punto de enseñarme lo equivocado que había estado todo este tiempo. Esa mancha difuminada y blanquecina comenzó a materializarse frente a todos en algo quimérico. Lo que parecía una mujer cubierta bajo un manto blanco que refulgía como el oro frente a las velas, me observaba detenidamente con sus enormes tragaluces negros, redondos, y fríos como el espacio, en los cuales se reflejaban las otras criaturas que se arrodillaron ante su escalofriante presencia. Su cara era blanca como la nieve y no parecía tener rasgos humanoides al contrario de sus fieles adeptas. Su cara tenía semejanza a una manzana partida a la mitad, con dos ojos grandes y negros, resguardada bajo un velo del mismo color. Sobre su cabeza, una preciosa cornamenta similar a la de un venado atravesaba su velo y se ramificaba en lo alto como unas ardientes llamaradas doradas. De sus holgadas mangas salían cuatro dedos largos y estriados, similar a las patas de un ave, con la variante de que sus garras rosadas eran del tamaño de espadas, y de sus muñecas, colgaban pulseras decoradas con huesos de animales pequeños. Fue cuando volteé a ver nuevamente su gélido rostro y descifré la clase de abominación que era. Su rostro no tenía semejanza alguna con una manzana partida a la mitad, sino con el de una lechuza, una lechuza con cuerpo jorobado y humanoide. Por un momento pensé que estaba delirando, hasta que la vi parpadear. Esa cosa hizo un movimiento rápido con una de sus largas y punzantes garras, y sus horrendas seguidoras se pusieron de pie al instante. Una de ellas se aproximó hacia mí, la reconocí por la herida en la clavícula que le había infligido en el campamento. Me vio con sus enormes ojos infértiles de alguna expresión benigna y escondió la sonrisa con la que celebraba. Al situarse a un metro de distancia de mí, de repente, esa cosa comenzó a contraerse, como si estuviera convulsionándose; se desplomó en el piso y comenzó a retorcerse como poseída. Por un momento, pensé que agonizaba aquella asquerosidad pagana; sus chillidos exclamaban dolor en mayúsculas, y como les comenté antes, esa cosa en particular, de alguna manera había despertado lo peor de mí. Estaba colmado de regocijo, viendo cómo sufría ese defecto del universo igual que yo, mientras parecía que algo le burbujeaba de manera colérica bajo sus tejidos pálidos y putrefactos. Mi sonrisa perversa y mi alegría poco a poco se fueron desvaneciendo, cuando me percaté de que su aspecto físico comenzó a mutar: sus largos brazos se encogían a un tamaño normal, su piel comenzaba a estirarse, hasta me atrevo a decir que parecía que se estaba regenerando; los mechones de cabello cenizo sobre su calva desaparecieron y floreció una abundante y larga cabellera castaña, y de repente, dejé de contar los asombrosos cambios por los que estaba atravesando esa cosa y me quedé boquiabierto, incrédulo a lo que reposaba frente a mí. Después de atestiguar en primera fila la perturbadora metamorfosis de aquella anomalía, el último estrato de mi salud mental terminó por desgastarse. Ante mí estaba mi esposa, bella y desnuda, recostada sobre la hojarasca, con el reflejo del fuego adornando su tersa piel y sangrando ante mis ojos, alrededor de aquellas criaturas y su desalmada dirigente.

-¡¿Qué demonios está pasando aquí?!- Le pregunté con una calma demasiado extraña para dicha circunstancia.

Ella me volteó a ver con sus bellos ojos almendrados y se acercó hacia mí, pisando la hojarasca, descalza.

-Sé que no fue tu culpa, mi amor, y suplico por tu perdón desde ahora, pero por más que lo intenté, no pude borrar de mi cabeza lo qué pasó- me susurró con voz trémula al oído, al acariciarme la mejilla con sus dedos que se sentían tan muertos como su alma.

-¡¿A qué te refieres?! -Pregunté llorando, inclinando mi rosto hacia su mano como un perro en busca de cariño.

-Durante mi depresión, encontré a este grupo de personas, en verdad son personas buenas, mi cielo. Ellas me presentaron a la madre del bosque y ella nos ayudará a traer a Bernardo de vuelta.

-¡¿De qué rayos estás hablando, mujer?! ¡Bernardo está muerto!- Grité rabioso, al dirigirle mi amenazante mirada a aquella cosa de ojos grandes y profundos.

Mariana apretó la boca, sus ojos no tardaron en envolverse en una cortina de lágrimas.

-¡No está muerto! ¡Lo podemos regresar, pero para lograrlo, necesito entregar la vida de alguien que comparta mi misma sangre! ¡¿Me entiendes?!

No podía creer lo que acababa de escuchar, la vi perdidamente a los ojos. Ahí me había dado cuenta que la mirada de mi amorosa esposa había sido usurpada por algo diabólico, algo definitivamente fuera de nuestra dimensión, y sabrá Dios desde cuándo. No había que explicar nada más, poco a poco entendí lo que había maquinado ella con la ayuda del aquelarre, desde que comenzó a desaparecerse todos los días desde temprano. Estaba destrozado, había muerto, no literal, pero emocionalmente. Me sentía tan estúpido por no haberme percatado antes de lo que ocurría con mi familia, que quizás, si hubiera hecho algo a tiempo, las cosas serían distintas ahora. Le sonreí con la cara manchada de lágrimas, mientras azotaba violentamente mi cabeza contra el árbol como desquiciado.

-No lo hagas, cariño, todavía estás a tiempo- imploré. -Tiene que haber alguna otra manera para que puedas volver a conciliar la felicidad.

Las brujas giraron sus cuerpos en dirección a mi hijo y caminaron lentamente hacia él, con sus cuchillas alzadas en el aire, mientras la madre del bosque vigilaba desde donde estaba, cada rincón del bosque negro, con sus enormes ojos refulgentes y omnipresentes, con ese inquietante silencio que me ponía la piel de gallina.

-¡Por favor, Mariana, no lo hagas!- Grité frenético. -¡Detenlas por lo que más quieras!

Ella colocó su dedo índice sobre mi frente con una sonrisa desorientada.

-Descuida, cariño, será rápido. Después de esto, volveremos a ser felices los dos.

Mi mirada comenzó a distorsionarse poco a poco. Intenté resistirme ante sus poderes maquiavélicos, pero al final sucumbí ante ellos. Pero justo antes de que cerrara las pestañas, como un castigo despiadado por arrebatarle la vida a Bernardo aquella noche, fui testigo de cómo las cuchillas del aquelarre destrozaron el tierno cuerpo de mi hijo, dentro de una prisión de risas perversas y la luz del fuego, hasta convertirlo en una amalgama roja de huesos, carne y sangre, esparcida sobre el portal que regresaría a mi primogénito a este plano. Si se preguntan qué pasó después de aquello, yo tampoco sabría decirles; no volví a despertar de esa pesadilla.

LA ERA GAMMA

Durante años, bandadas de aves metálicas sembraron desde lo alto en nuestros mares, semillas mortíferas, germinando bosques venenosos de hongos resplandecientes gigantes en toda su vasta extensión. La fauna marina después de aquello, se alimentaría de ese veneno involuntariamente y sufriría graves transformaciones antinaturales; lo alarmante de todo aquello fue que poco sabíamos nosotros que ellos estaban siendo dotados con facultades superiores a las nuestras, debido a nuestra negligencia arrogante. Ellos al percatarse de su semejanza cada vez más cercana a la nuestra, y las ventajas prolíferas que estaban teniendo sobre nosotros, guardaron silencio y esperaron pacientemente desde el abismo marítimo durante décadas, hasta encontrarnos en nuestro punto más vulnerable.

Cuando el gran día llegó, casi un siglo después, ascendieron furtivamente hasta las orillas de nuestros mares desde las gangrenadas ruinas de corales en el fondo del Locker de Davy Jones. A plena luz del día, a la hora que las playas estaban rebosantes de visitantes, asomaron sus cabezas hacia la superficie por primera vez, con sus armazones blindados como tanques, y miraron a la cara a los creadores de su avanzada especie. Sus miradas no emitían bondad ni mucho menos gratificación; eran miradas turbias y heladas como su hogar. Las nuestras al contrario, eran nítidas y amplias como nuestro miedo; había llegado la hora, el alumno había superado al maestro y era hora de tomar su ascenso. Así que, esa nueva raza, equipada con pinzas grandes y filosas como navajas, dientes con bordes serrados, ojos negros como aceitunas, y gruesos caparazones que revestían sus cuerpos como armaduras medievales, llevó a cabo una carnicería masiva con todo lo que habitaba sobre la superficie terrestre, cubriendo por completo nuestro planeta con un espeso velo de sangre, que serviría para brindarle la bienvenida a la nueva era de una raza superior. La era del hombre había llegado a su fin y La Era Gamma estaba a punto de comenzar.

NIKO EL NARVAL

Un sábado veraniego por la mañana, dentro de una plaza desolada ubicada en una de las esquinas más prestigiosas de Zapopan, estaba un niño con su hermana más pequeña, sentados en una banca situada frente a una fuente. Ambos vestían playeras de tela delgada y *shorts* para poder amortiguar el asfixiante calor; disfrutaban de una bola de helado en cono, mientras bañaban sus ojos con la radiación de las pantallas de sus *tablets*. A unos cuantos metros de ellos, se aproximaba un hombre formidable con lentes de sol, empujando un carrito de supermercado rebosando de bolsas, acompañado de una mujer rubia con más curvas que la carretera "La Rumorosa", y con más plástico integrado a su cuerpo que los océanos de nuestro planeta. La señora de facciones hinchadas y mórbidas, con semejanza a las de un simio, llevaba por una delgada correa de cuero a un pequeño perro chihuahua que parecía avanzar meticulosamente con las puntas de sus patas, muy similar a un caballo bailador. Se detuvieron frente a los niños, pero éstos estaban tan hipnotizados en sus aparatos, que ni siquiera se percataron de su llegada. La niña de cabello dorado y suave como los rayos de sol en invierno, llevaba sus auriculares puestos; reía con esa tonada eufórica que tanto caracteriza a los niños a esa edad, antes de que pierdan su candor y cedan hasta convertirse en los seres ruines que realmente somos los humanos.

-¡Damián!- Exclamó la señora al dirigir su mirada al niño. -Estaré aquí enfrente en lo que bañan a Pulgarcito. Jaime me hará el favor de llevar la despensa a la camioneta, así que te pido que se queden aquí y que cuides a tu hermana en lo que regresa Jaime, ¿entendido?

-Sí, mamá- contestó el niño perezosamente, sin siquiera dirigirle la mirada a su madre.

-¡Mamá!- Gritó la niña al quitarse los auriculares, con una voz genuina. -¿Cuándo regresa papá?

-Regresa hoy en la noche, mi amor- contestó la mujer, mientras le daba un retoque a sus labios hinchados con su lápiz labial. -Ya sabes que papá trabaja mucho...

La niña volvió a su *tablet* antes de que su madre terminara de contestarle, y el señor que llevaba el carrito, se acercó hacia la señora de manera sospechosa.

-Señora, ¿puedo hablar con usted un minuto a solas?- preguntó el hombre al hacer unas gesticulaciones oblicuas con la boca y retirarse las gafas.

-Por supuesto, Jaime, ¿qué ocurre?- y volvió a dirigir su mirada firme hacia su hijo, encañonando su larga uña dorada en su dirección una vez más. -Cuida a tu hermana en lo que regreso, Damián.

La señora y el escolta se alejaron lo suficiente para salir del radar de los niños, y platicaron al otro extremo de la fuente. Damián levantó brevemente la mirada hacia donde estaban, y vio cómo platicaban sonrientes, sin que respetaran la barrera de distancia rigurosa que dictaba el anillo de matrimonio en el dedo su madre. El niño estaba a punto de regresar su mirada hacia su dispositivo, cuando observó desde donde estaba, cómo comenzó a descender la mano del escolta sinuosamente como la cabeza de una serpiente, por la cintura de su madre, hasta llegar a sus sentaderas y hundir las puntas de sus dedos en sus glúteos, como si fueran unos colmillos venenosos enganchándose a su víctima. El niño desvió rápidamente su mirada, perturbado, y volteó a ver a su hermana, quien no tenía idea alguna de lo que acababa de ocurrir. Platicaba y estallaba a carcajadas, mirando perdidamente la pantalla de su artefacto, mientras hilos pegajosos de helado derretido color azul eléctrico, le corrían por encima de los dedos como tentáculos.

-¿Qué haces, Atziri? ¿Qué es tan divertido?- Preguntó Damián, intentando borrar a toda costa esa imagen tan traumatizante de su cabeza.

-Estoy platicando con mi amigo Niko- contestó la niña en automático, sin siquiera voltearlo a ver.

Damián frunció el ceño y volteó a ver desde la esquina de su ojo la pantalla de su hermana. En ella se reflejaba la imagen de una ballena blanca, con morfología caricaturesca, con un cuerno largo y rosado en espiral sobre su cráneo, dientes largos y punzantes, en un fondo colorido y prismático como un arcoíris. A pesar de la amplia gama de colores pasteles utilizados durante su elaboración para envolver al dibujo en una atmósfera calificada para niños de corta edad, el inquietante dibujo lo último que lograba despertar en Damián era tranquilidad. Damián ocultó la incertidumbre que le provocó el dibujo con un semblante rígido, y volteó a ver a su hermana desde lo alto, con una mirada desdeñosa.

-¡Cosas de niños chiquitos!- profirió el niño, colocándose los auriculares para soslayar las carcajadas escandalosas de su hermanita.

Dentro de los audífonos de la pequeña, una voz boba y arrastrada se escurría meticulosamente por los orificios de las cubiertas de los auriculares, y le preguntaba a la infante:

-¿Con que él es tu hermano mayor, Atziri? ¡Vaya, se parece mucho a ti!

-Siempre nos dicen eso- contestó Atziri al darle una mordida a la plasta azulada y fría que le escurría por encima de los dedos. -Oye, Niko, dijiste que ibas a venir a la plaza y no te veo en ninguna parte, ¿sí vas a venir?

Los auriculares se volvieron silentes como un desierto por unos cuantos segundos, antes de que la voz se volviera a manifestar.

-¡Pero si ya estoy aquí afuera esperándote, chiquitina, nomás que necesito que vengas por mí!- contestó el dibujo estático a través del auricular con entusiasmo. -¡Ven por Niko, Niko quiere comer helado y quiere conocer a toda tu familia! Sólo no les vayas a decir que vienes por mí a la entrada, ¿eh? Niko les quiere dar una gran sorpresa.

-Está bien, Niko, espérame poquito- respondió la niña al ponerse de pie y caminar hacia la entrada de la plaza libremente, con la seguridad y autonomía de un adulto.

-¿Adónde vas?- Preguntó su hermano, intrigado, al bajar su pantalla por un instante, sin despegarle la mirada de encima.

-Voy a tirar mi helado a la basura, ya no lo quiero- contestó la niña al girar su cabeza en dirección a la entrada. -¿No me quieres acompañar?

-No, así está bien, sólo no te vayas a tardar mucho. Ya escuchaste a mamá- contestó Damián, al regresar su mirada a su aparato. -Estoy a cargo de ti en lo que ella vuelve, acuérdate.

-Está bien- contestó la pequeña.

Una sonrisa sagaz se asomó entre sus rosadas y tiernas mejillas manchadas de azul, y caminó sonriente hasta el bote de basura, donde volteó hacia atrás por última vez: su hermano continuaba atarantado en su aparato, mientras su madre seguía manoseándose y riendo descaradamente entre los brazos del escolta a lo lejos. Atziri le dio otra mordida a su helado, dejó atrás el basurero y siguió caminando...

¡BAJAN!

Trasnochado y ebrio hasta su puta madre, salí del antro tambaleándome con mi pisto en la mano, y saqué mi billetera para contar las mermas que había tenido durante la noche. Ese día apenas me habían depositado la quincena y ya sólo contaba con dos billetes de veinte pesos, los cuales estaban bien arrinconados y doblados en la mera orilla de mi cartera.

-¡Chingada madre!- pensé furioso, al darle un sorbo brusco a mi vaso de plástico rojo.

"Otra vez tendré que empeñar el puto celular para librar los gastos de la quincena".

De pronto, una sonrisa idiota se asomó por mi rostro aún más idiota, al gestionar un pensamiento más idiota todavía:

"¿Y si espero a la morrita a la que estuve disparándole tragos toda la noche?"- Pensé de manera obstinada e ilógica como suele pasar con todos los borrachos.

-¡No mames, se fue desde las dos con otro güey, pendejo!- razoné al instante en voz alta, al contestarme a mí mismo, furioso, y darme una bofetada que me dejó el cachete igual de rojo que mi vaso.

Así que, sin más planes y sin intenciones de idear

uno en ese mismo momento, comencé a caminar por unas calles oscuras y desoladas, cerca del centro de la ciudad. Volteé a ver la cara de mi abultado reloj dorado que compré en una ida al tianguis con mi jefita; sus manillas dictaban quince a las cuatro. En eso me detuve, sentí cómo una idea salía a flote como sobreviviente entre tantos litros de alcohol que inundaban mi sistema.

"El primer camión pasaba a las cuatro"- pensé al quemar varias calorías con mi mente.

Sólo tenía que atravesar algunas cuadras panteoneras con una reputación de la verga para llegar a la parada. Sin embargo, para mi suerte, las cantidades irresponsables de alcohol que había ingerido durante toda la noche, me habían dotado con unos pinches huevotes que ahora me colgaban hasta las rodillas; por lo tanto, miedo era lo último que cruzaba por mi mente en ese momento. Así que continué con mi travesía, hasta llegar a una esquina menos alumbrada todavía. Ahí me detuve por un rato; comencé a sacudirme como si tuviera al mismo chamuco dentro de mí. Giré la cabeza pesadamente hacia todas partes, como si mi cabeza de repente se hubiese convertido en una bola de boliche. Sentía que algo se abría paso por mi garganta; penetraba a paso lento, pero sin retroceso. Me recargué contra la pared y alcé mi vino en lo alto como todo un profesional. Apreté los ojos, abrí la boca ampliamente, e inserté mi dedo lo más profundo que pude, como si estuviera a punto de devorarme una verga de dimensiones catastróficas. A los segundos y de manera eficaz, como una corriente que arrasa con todo lo que se encuentre a su paso, salió la cascada de vómito a presión, impactando contra el suelo y salpicando los únicos zapatos chidos que me quedaban, por todas malditas partes. Después de haber sacado toda esa viscosidad envenenada de mi sistema, me enjuagué la boca con mi chela tibia para eliminar aquel sabor amargo que me quedó y lo escupí a mi costado. Me enderecé con dificultad, ya que la depuración drenó toda mi energía como lo solían hacer las mamadas que me daba la prima de mi mejor amigo cuando no estaban sus jefes. Me limpié las lágrimas de la cara y apoyé mi mano en la pared para descansar unos minutos, cuando bajo de la palma de mi mano, sentí una sustancia viscosa ajena al material del muro. Estaba tan pedo, que no le presté atención en ese mismo momento, hasta que me llegó un olor bastante culero y peculiar. Cuando levanté mi mano y volteé en aquella dirección después de un rato, me percaté de que estaba apoyado sobre una de las obras contemporáneas más emblemáticas de mi ciudad. Bajo la palma de mi mano, pintada con todo el empeño del celebre artista que buscaba el anonimato a toda costa, yacía aquella cruz de caca embarrada en la pared. Mi estómago reaccionó de inmediato al hallazgo y nuevamente comencé a vomitar, hasta quedar seco y sin energías. Sacrifiqué mi pantalón y me limpié la mano en él, mientras me daban unos espasmos febriles del asco que sentía. Me senté en unas gradas que había cerca y esperé a que los escalofríos se me pasaran para continuar con mi camino. Las últimas calles por las que tuve que caminar fueron las más cabronas. Las luces de los faros se diluían con el cielo ante mis ojos y la calle se meneaba de un lado a otro como la cubierta de un barco anclado en alta mar. Y por si eso no fuera poco, los malandrines, las putas y los vagabundos que merodeaban la zona como depredadores nocturnos a esa hora, me tragaban vivo con sus miradas, al notar que yo no formaba parte de la fauna local, lo que convirtió mis obscenos huevotes peludos en unas pequeñas legumbres instantáneamente. En mi trayecto por aquellas rúas, me tuve que echar incontables peleas de borrachos, negociaciones entre las putas con los tacaños de sus clientes, los trueques de la policía con la plaza, las gigantes ratas del tamaño de liebres correr por las calles, y los viajes mamalones que se estaban pegando algunos indigentes en las esquinas, con sus monas adheridas a sus narices y sus ojos petrificados sobre mí, antes de poder llegar a la zona segura. Antes de atravesar aquel portal infestado de seres extraños, caí al suelo nuevamente, sin derramar una sola gota de cerveza. Caí de espaldas, y como una tortuga volteada, comencé a patalear, luchando contra los espectros invisibles de la ebriedad que me tenían sujetado, a patadas y puñetazos, hasta que los vencí y los mandé de vuelta a su dimensión. Después de unos minutos de reponerme de aquella épica batalla, logré ponerme de pie y continué con mi camino. A los pocos minutos y feliz de llegar entero y con mis zapatos a la parada, me empiné mi último trago para festejar mi grandiosa victoria y esperé hasta que pasara mi camión. Después de un rato, pasó y lo abordé con toda normalidad; le pagué al conductor y me senté aliviado en mi asiento, para ver si así podía conciliar tan siquiera unos minutos de sueño antes de llegar a casa. Recargué mi cabeza en la ventana y volteé a través de ella, cuando reparé que algo definitivamente no estaba bien. Sin darme cuenta de a qué hora había ocurrido el fenómeno, la parada del camión y todo lo demás había desaparecido dentro de una bruma morada y brillante. Me enderecé y volteé a ver al conductor, quien aún no arrancaba, y después giré mi cabeza hacia mi alrededor, aterrado. Adentro del camión, estaba rodeado de puros rostros largos, descompuestos, cadavéricos y demoníacos; unos burlescos, otros un poco más atormentados, pero absolutamente todos tenían sus oscuras cuencas vacías fijadas sobre mí. Me tallé los ojos, esperando que todo esto fueran secuelas de lo fiesta que me había puesto, pero las cosas permanecían igual. Sobrecogido por el miedo, los aventé a codazos y puñetazos, y corrí frenéticamente hacia la parte frontal del camión, cuando algo me detuvo de un fuerte tirón que me lastimó el cuello. Unos cinturones de seguridad cobraron vida y se me enredaron fieramente como serpientes alrededor de todo mi cuerpo, hasta dejarme colgando en el techo como un cerote a medio trayecto. Intenté zafarme, quise gritar, pero los cinturones me deshabilitaron como si tuvieran mentes propias. Ahí, los espectros infernales que me rodeaban me encerraron en un círculo y se me quedaron viendo desde abajo, con sus miradas muertas y vacías. De repente, el conductor se puso de pie y caminó pesadamente hacia mi dirección, abriéndose paso entre los incontables cadáveres reanimados de caras largas y demacradas. Sentía cómo sus pisadas hacían vibrar los cristales y la cáscara del camión conforme avanzaba, mientras los cinturones de seguridad me estrujaban como un trapo mojado. El enorme conductor se puso de cuclillas frente a mí, y, con un rostro sombrío que sólo reflejaba sus pulposos ojos morados y brillantes como la niebla del exterior, me dijo con una voz grave y fuera de esta dimensión:

-Creo que te equivocaste de camión, chavo.

CUANDO LA NOCHE DIO A LUZ

Era el año 2035 después de Cristo; hoy se cumplían cinco años desde que el muy cabrón decidiera convertir su creación más preciada, en el alimento base de sus mascotas nuevas, al reemplazarnos por un linaje de seres igual de despiadados que él. Un día, como cualquiera antes del apocalipsis, nuestro cielo se partió en dos y liberó lo inimaginable. Mientras aquí en México cenábamos con nuestras familias alrededor de la mesa o frente a la tele, en lugares como la India, recibían los primeros rayos de sol cuando comenzó todo: criaturas horripilantes que parecían experimentos malversados de la ciencia, acompañados por un ejército sanguinario de seres con armaduras oscuras, salieron de una grieta que sólo se podría describir en pasajes bíblicos, para darse un ágape a manos llenas con nuestra especie y masacrarnos como si fuéramos una perniciosa imperfección de la naturaleza, mermando así a más de la mitad de la población humana en tan sólo meses. Desde entonces, nuestra jerarquía en la cadena alimenticia descendió, y los pocos humanos que quedamos, nos dedicamos a una sola cosa: sobrevivir. Me llamo Sol y soy una de las pocas supervivientes después de que la noche dio a luz. Un atardecer vagaba por una de las calles que fue de las arterias principales de mi ciudad, la avenida Alcalde, en Guadalajara. Aún recordaba con una nostalgia nítida aquellas calles plagadas de tráfico vehicular, edificaciones coloniales y semblantes sonrientes en cada esquina; ahora, lo único que quedaba de la grandiosa perla tapatía, era una carcasa pútrida conquistada por la naturaleza. De las amplias avenidas de la gran ciénega de asfalto en la que se convirtió la ciudad después de la gran masacre y de épocas pluviales, nacieron enormes estanques pantanosos y florecieron altos mechones de maleza de entre sus grietas. La colorida pintura de los edificios se desprendía a pedazos de ellos como la piel de un sarnoso, y los pocos vidrios que algunos aún conservaban, estaban igual de marchitos que una lámina de plata sucia. El cielo parecía un feroz mar de magma cubriendo la troposfera, con una grieta tan refulgente como el sol recorriendo su inmensa superficie. La temperatura comenzaba a descender lentamente y sabía que debía buscar refugio antes de que el magma sobre mí se petrificara. Caminaba entre la espesura de la maleza, atravesando densas nubes de mosquitos, tensando la cuerda de mi arco con una flecha, cautelosamente, mientras divisaba las ruinas mohosas que tenía a mis costados. Estaba exhausta; mis piernas se sentían como dos enormes y pesados bloques de cemento, después de haber irrumpido en varios edificios en busca de alimento sin éxito alguno. La caza tampoco había sido fructífera ese día, ni los anteriores, ya que cada vez se observaban menos animales como los que habitaban la tierra antes de todo esto, recorrer estas peligrosas demarcaciones. No había ingerido alimentos desde hace dos días para ser exacta y mis intestinos comenzaban a devorarse entre ellos mismos, retorciéndose como perros rabiosos que se lanzan dentelladas y zarpazos por el dominio de su territorio. Sin alguna otra alternativa, seguí mi camino hasta toparme con lo que alguna vez fue un OXXO. Así que, sin bajar mi arco ni la guardia, caminé hacia aquel edificio abandonado, con los cristales estrellados, e ingresé por uno de sus costados. Los vidrios crujieron suavemente bajo la suela de mi bota al plantar mi pie en su interior. Algunos anaqueles estaban ladeados y parecía que habían arrasado con la última mercancía desde el comienzo; aun así, necesitaría un techo para pasar la noche. Entré a lo que fue alguna vez un baño y me quité la mochila; de ella saqué unas cobijas viejas y una chamarra de cuero desgastada. Las extendí sobre el sucio suelo azulejado y me volteé a ver al espejo que tenía enfrente. La poca luz rojiza que se lograba filtrar por la ranura de la puerta emparejada, lograba trazar su haz sobre mi acanelada piel. Mi cabello rizo y esponjado caía sobre mis hombros, y mi top de bikini era lo único que abrigaba mi delgado torso sazonado en sudor y tierra. Podrán criticarme por andar en un mundo como este así de provocativa, pero era preferible a andar cargando con una playera empapada en mis propios jugos durante semanas, eso sí sería realmente asqueroso. Clavé mi mirada sobre mi menuda silueta por varios segundos. Observaba detenidamente a la hija alguna vez perfecta, de padres honrados, atiborrada de becas y reconocida por sus trofeos otorgados en campeonatos nacionales de arquería; esa niña buena que pedía permiso para salir con sus amigos y que siempre llegaba a tiempo a su casa, se había convertido ahora en una llanera solitaria dentro de un mundo agonizante, con una puntería tan precisa y mortífera, que tenía la capacidad de clavar a un ratón contra la pared a una distancia de más de veinte metros. Me perdí dentro de su melancólica mirada por casi un minuto, cuando mi nariz comenzó a enchilarse por el rancio hedor que cargaba conmigo durante el transcurso del día. Arrugué la nariz y salí del baño. Volteé hacia afuera, la luz rojiza que bañaba las calles cada vez se volvía más tenue. Quedarme aquí hasta el día siguiente sería lo más sensato por ahora, así que saqué de mi mochila una linterna eléctrica y comencé a revisar la tienda. Apunté su haz hacia el suelo, para no llamar la atención de algún curioso y dejé que me guiara por la tienda. Vidrios, polvo y basura fue lo único que encontré, hasta toparme con una puerta con un letrero que decía: "sólo personal autorizado", así que empujé la puerta con cautela e ingresé. Zigzagueé el haz de mi linterna hacia todas partes, hasta centrarla en algo que me dilataría las pupilas y me abriría el apetito aún más. No sé si aquel viejo sadista, sentado en su cómodo trono en el cielo, sólo quería prolongar mi sufrimiento en la tierra, pero estaba dispuesta a darle el gusto, con tal de saciar mis necesidades básicas. Me tallé los ojos, incrédula, para asegurarme de que no tuviera ante mí un espejismo, y palpé con ambas manos aquel tesoro bañado en polvo de queso, junto al empolvado envase de cafeína líquida. Levanté y apreté suavemente la bolsa de Doritos; me colmé de regocijo y me fui a encerrar al baño bajo seguro con mis delicias. Dejé la linterna encendida mientras "cenaba". Abrí la bolsa de fritangas; su suculento aroma a queso artificial me endulzó el alma como lo solía a hacer la sonrisa perfecta de mi vecino de enfrente. Cualquier persona en mi posición se echaría los puños de papas a la boca, pero yo sólo quería disfrutar ese momento. Levanté una con las puntas de mis dedos y la introduje a mi boca. Destapé mi Coca-Cola tibia y me la empiné con salvajismo, algo que jamás habría hecho en mi vida pasada; sentí cómo aquel líquido tibio, negro, dulce, pegajoso, pero sobre todo, delicioso, recorrió cada esquina de mi boca. Cerré mis ojos y recargué mi cabeza en la pared; sólo me hacía falta una buena ducha que no fuera dentro de las aguas verdes y pantanosas del exterior, para que éste se convirtiera en mi momento cumbre. En el lienzo negro de mi mente, comencé a dibujar con colores ávidos, todo lo bello y maravilloso de mi vida pasada: a mis padres, mi gato, mis amigos, las tortas ahogadas, mi universidad, a mi vecino de enfrente, especialmente a mi vecino de enfrente, vaya que era guapo ese tipo... a veces, sentía como que nada de eso alguna vez fue real; habían transcurrido tantos años desde que el cielo se partió, que parecía que todo lo que alguna vez viví, había sido producto de mi imaginación. Introduje otro dorito a mi boca, sin abrir los ojos, cuando escuché unos vidrios crujir estrepitosamente dentro de la tienda. Mi corazón se congeló y mi respiración se agudizó al instante. Desesperada, levanté mi linterna y la apagué, aferrándome del mango de ella con fiereza. Mi arco estaba a aproximadamente dos metros de distancia, era posible que si me arrastraba hacia él, pudiera eliminar a lo que fuera que estuviera merodeando allá afuera con un flechazo entre los ojos. Me puse de rodillas y enseguida planté mi pecho sobre el piso. El azulejo estaba helado como la superficie de un lago congelado y sentía cómo se me encajaban en la panza fragmentos diminutos de basura. Los pausados pasos acompañados de una respiración fatigosa cada vez se escuchaban más cerca, así que comencé a arrastrarme como lombriz en la penumbra, hacia lo único que aún conservaba de aquellos días maravillosos, mi arco. Las pisadas se aproximaban lentamente hacia el baño, lo que me erizó los vellos de la nuca y provocó que mi ritmo cardíaco incrementara. Levanté mi arco, me recargué lo más sigilosa que pude contra la pared y lo apunté hacia la entrada, con los brazos tremulantes. Las pisadas se detuvieron súbitamente al otro lado de la puerta. La luz del exterior ya se había extinguido, así que era imposible ver por la ranura de abajo si alguien estaba parado afuera. Me mataba la incertidumbre y el miedo por saber qué era lo que me asechaba al otro lado. ¡¿Será otro sobreviviente buscando albergue?! ¡¿Una de esas criaturas extrañas?! O peor aún, ¡¿uno de esos seres altos y de armadura oscura?! Sudando frío y aterrorizada, pelé los ojos como dos huevos cocidos y mantuve mi arco apuntado hacia la puerta. Las pisadas volvieron a sonar, pero esta vez para alejarse de manera arrastrada hacia la salida. Escuché cómo chilló el vidrio al ser aplastado una vez más por lo que fuera que estuviera allá afuera, mientras las pisadas continuaban su camino. Liberé un enorme suspiro y mi cuerpo se escurrió sobre el piso como un derrame líquido; no me había dado cuenta, pero mis brazos y mis piernas aún temblaban descontroladamente por el miedo que recorría cada centímetro de mi cuerpo. Como pude, me puse de pie y guardé mis cosas rápidamente dentro de mi mochila. Sabía que era estúpido lo que haría a continuación, pero no podía pasar la noche en ese lugar, ya que no me sentía segura ahí. Me puse mi chamarra, me colgué mi mochila en el hombro, y abrí la puerta paulatinamente, bailando mis coquetos ojos a ciegas hacia todas partes. Asomé uno de ellos por la ranura de la puerta, pero la noche lo había acaparado todo. Extraje mi linterna de mi bolsa, la prendí y la apunté al suelo para salir con mayor facilidad de ahí. La apunté a mis costados para ubicarme, pero en cuanto la apunté hacia mi izquierda, un objeto macizo y de orillas afiladas, se estrelló con un ímpetu monstruoso contra mi cara. Caí de espaldas, sentí que me habían reventado cada hueso de mi cara. El dolor del golpe fue tan inmenso, que mi cuerpo se empantanó por un sueño profundo y mi vista se nubló, perdiendo la consciencia. Cuando mi cerebro se volvió a encender, mis oídos respondieron antes que mis ojos. Escuchaba unos murmullos ininteligibles a escasos pasos de mí en el abismo; tenía frío, sentía cómo algo líquido me fluía por la nariz, y enseguida aquel dolor penetrante volvía a recorrer cada músculo de mi cara. Entreabrí los ojos y puse mi mano sobre mi frente para amortiguar el punzante dolor. Enfrente de mí había dos sujetos vestidos en unos harapos pestilentes y con los cabellos enmarañados. En cuanto reaccioné, se acercaron hacia mí con unas sonrisas chuecas y amarillas, que parecían cimentadas por granos de elote. Uno de ellos, con la mitad de la cara cubierta por tejidos necróticos que expulsaban un líquido amarillento y nauseabundo, y con un puñado de calzones femeninos colgando de su cinturón como trofeos, comenzó a acariciar con las puntas de sus dedos mi abdomen, de arriba hacia abajo. Mientras la mirada de aquel miserable sujeto delataba sus asquerosos pensamientos lascivos donde él y yo éramos los protagonistas de su reprobable guion, logré vislumbrar mi chamarra y mis cosas apiladas en un rincón de aquel cuarto inmundo y poco iluminado. Yo yacía tendida en el suelo con mi top, mis pantalones y mis botas aún puestas. En cuanto quise moverme, el otro sujeto, de rasgos toscos, con una mirada primitiva e inmisericorde, se abalanzó sobre mí y me lamió la cara con su aliento que apestaba a decenas de comidas descompuestas. Me vio a los ojos y me susurró suavemente al oído:

-¿Adónde, chinita? Tenemos meses que no nos cruzamos con una mujer, especialmente una tan rica. ¿A poco no quieres sentirte querida esta noche, chiquita?

Intentaba zafarme, pero era demasiado fuerte para mí. Apreté los ojos y comencé a gritar desesperada, mientras un río de lágrimas limpiaba las gruesas capas de mugre de mi cara. El sujeto de la cara podrida, con su sonrisa amarilla, me guiñó el ojo, mientras observaba fascinado cómo me retorcía vehementemente debajo de su compañero, como si aquello lo excitara.

-Tranquila, mija, seremos dóciles contigo- me dijo al acariciarse la barbilla con una fascinación inquietante en sus ojos. Vas a ver que después de rato te va a gustar.

Apreté los puños, y con una fuerza que no sabía que albergaba, lo pateé en sus cuatitos. El tipo se desplomó sobre mí, sin aliento, doblándose de un lado a otro de dolor. Lo aventé hacia un lado y brinqué por mis cosas. El otro sujeto intentó detenerme, pero me aferré de una de mis flechas, y con una presteza sobrehumana, se la clavé en la cuenca del ojo que estaba en la parte sana de su cara. El tipo se tiró al suelo, berreando como perro. Al extraer la flecha de un jalón, salió con su ojo bañado en sangre. Lo arranqué de un tirón y salí despavorida de ahí. Salí corriendo de ese edificio abandonado, hasta llegar a una calle cerca del centro histórico de Guadalajara. Las torres de la catedral se asomaban en la negrura, y detrás de ellas, estaba el cielo estrellado, junto con aquella grieta cósmica que ahora resplandecía como la luna. A dos calles de mí, salieron corriendo esos carroñeros mezquinos, uno con la mano bañada en sangre sobre la mitad de su rostro. Estaba exánime, parada en medio de un enorme charco fangoso infestado de mosquitos. Tomé aire y sin voltear hacia atrás, comencé a correr hacia la catedral. Al llegar a la calle que dividía la catedral de la Rotonda de los pocos Jóvenes Ilustres que aún quedaban de pie, quedé estática ante lo que tenía a mis costados. Unos botes encendidos en medio de la calle me revelaron uno de los escenarios más dantescos que haya visto hasta ahora. Sobre los árboles y los postes de la avenida, había decenas de cadáveres humanos, incluso hasta uno de aquellos militantes de armadura oscura, empalados, semidevorados y en avanzado estado de putrefacción; inclusive, algunos de los árboles parecía que habían sido decorados con los intestinos de aquellos desafortunados, como una especie de decoración navideña grotesca y de mal gusto, que le servía de festín a unos cuantos cuervos famélicos. Por un momento que sentí transcurrir como una eternidad y sin gestionar un solo músculo, escaneé de pies a cabeza al caballero de la grieta, mutilado, mientras se pudría lentamente sobre una pica. A ciencia cierta, no recordaba cuánto tiempo había transcurrido sin observar a uno de ellos en carne propia, pero de todas las atrocidades que me rodeaban en aquel sitio, el ver a uno de ellos ahí, aunque estuviera muerto, me había dejado consternada y me había vuelto la sangre gélida, después de contemplar tanta crudeza en un solo lugar. El olor a carne podrida impregnaba el aire, junto con la humedad que provocaban los estanques. Cuando mi mente decidió volver a la realidad, aquellos sujetos poco a poco comenzaban a alcanzarme, así que desesperada giré la cabeza hacia todas partes y corrí frenética hacia la catedral. Sus colosales y arcaicas puertas que alguna vez le brindaron la bienvenida a sus feligreses y a miles de turistas, estaban abiertas a sus anchas; prefería sumergirme en su tétrica garganta ante lo desconocido, antes de convertirme en la cena de aquellos depravados. Antes de poder subir sus escalones, escuché algo ensordecedor detonar detrás de mí. Me desplomé y rodé en el suelo; sentí un pequeño artefacto ardiente refugiarse dentro de mi pantorrilla, como si fuera su madriguera, sacándome la sangre a borbotones. "Hasta aquí había llegado", pensé aterrada. Me arrastré y lloré inconsolable, preparándome para reclamarle a Dios por todo lo que me había arrebatado, después de que aquellos malditos saciaran su brutalidad que llevaba semanas sin ver la luz en mí. El tuerto de cara quemada se abalanzó sobre mí y me arrancó el pantalón de encima con una fuerza bestial.

-Ahora sí vas a ser mía- me susurró al lamerme la oreja y pasarme el cañón de su arma por la cara, mientras la sangre de su ojo me chorreaba cálidamente en el pecho como la cera de una vela derretida.

-Tus calzoncitos van a lucir perfectos en mi colección, chinita.

Mi cuerpo no respondía más, veía cómo se bajaba lentamente el pantalón, con una sonrisa burlesca, de orilla a orilla, cuando un ruido escalofriante se escuchó dentro de la catedral. El sonido de las bancas de la iglesia arrastrándose en su interior resonó hasta afuera, haciéndonos voltear a todos, horripilados. De repente, un sonido violento y chirriante, similar a un graznido, resonó desde las turbias entrañas de la catedral. Nuestros ojos se abrieron como platos al ver cómo unas garras enormes y negras como la obsidiana, se aferraron de las orillas de la entrada, arañándolas gravemente. Mi agresor volteó a verme con el mismo horror que yo lo veía, mientras su secuaz se acercaba lentamente hacia la entrada, jugando al intrépido, a pasos vacilantes y con un rifle sujetado entre sus manos. Mientras veíamos perturbados las enormes garras curvadas que salían de la oscuridad, una sombra gigante salió disparada como misil hacia él, partiéndolo en dos como un tronco. La parte inferior del sujeto salió volando hacia nuestra dirección, bañándonos en su espesa sangre caliente. A media calle de distancia aproximadamente, una criatura colosal, con morfología similar a la de un grifo; con cabeza de águila, con una melena negra y abundante que lo coronaba como el rey de los cielos y la tierra, ojos dorados y vertiginosos que parecían dos aros llameantes, cuernos gruesos y curvados, cuerpo félido, con unas enormes alas cubiertas en plumas cenizas y rojizas como la magma, que estaban unidas a sus patas frontales, y una hilera de grandes púas negras y punzantes que recorrían su espina dorsal, hasta terminar en un mechón rebosante en la punta de su cola como un mazo, se tragó la otra mitad de aquella porquería de ser humano de un voraz bocado. Mi agresor me soltó de inmediato y salió despavorido como una rata asustada, pero aquella bestia alada estaba un paso adelante de él. Echó otro graznido que hizo vibrar los cristales de aquella edificación centenaria y despegó con sus formidables alas que dejaron atrás una enorme nube de tierra que me provocó la tos. Entre tanta conmoción, los había perdido de vista; cómo pude, me levanté con mis manos envueltas alrededor de mi herida, e intenté huir de ahí. No había rastro ni del hombre ni de la criatura en ninguna parte, hasta que volví a escuchar su horrible graznido, esta vez a escasos metros de distancia. El grifo de cuernos infernales levantó al sujeto con sus largas y curvadas garras, y lo insertó en un poste como brocheta. El sujeto gritaba incesante y se retorcía como un insecto agonizando, hasta que sus descarnados gritos poco a poco se fueron ahogando conforme lo empalaban. El crujido de sus tejidos y de sus huesos me revolvió el estómago como la comida china que solía comer en un bufet cerca de ese sitio. El ave felina después de terminar su sórdido ritual, le arrancó un brazo después de semejante espectáculo, y caminó lentamente hacia mí, con el brazo vacilando entre sus fauces. Las puntas negras de su espinoso lomo y cola comenzaron a brillar al rojo vivo como el hierro ardiendo. Me detuve frente a ella, oscilando de un lado a otro, mientras sentía cómo la sangre se me escapaba a borbotones entre los dedos por la pierna y las náuseas se apoderaban de mí. La bestia me había salvado de una muerte horrible y ruin; podría sonar paradójico, pero prefería morir despedazada entre sus garras, a haber terminado desgarrada por los sucios falos de aquellos virulentos desgraciados. Cerré los ojos y esperé, escuchaba su respiración grave frente a mí, pero permanecía intacta. Después de varios segundos, abrí un párpado lentamente para observar lo que ocurría; la aterradora, pero hermosa criatura majestuosa, se marchaba a pasos lentos y pesados hacia su pomposo nido, dejando atrás un camino de sangre que iba trazando con el brazo mutilado. Atestigüé cómo se sumergió en él y cómo su serpenteante cola espinosa se despidió de mí al zangolotearse violentamente como un mazo de guerra antes de desaparecer en su interior. Ahora estaba sola, parada en medio de aquella necrópolis edificada por el ave felina, en paños menores y botas. Me recosté en el suelo, y observé con ojos moribundos y melancólicos, aquella maldita grieta que convirtió mi vida en una vil mierda. Ya no quedaba más por que vivir, estaba lista. Estaba preparada para escupirle en la cara a Dios por todas las atrocidades que cometió contra la humanidad, especialmente contra mis seres queridos. Mientras gastaba mis últimas fuerzas apretando los puños y la quijada, envuelta por la ira y el llanto, todo comenzó a volverse oscuro y frío. De repente, entre la oscuridad, sentí cómo unos brazos me cargaron desde mi lecho de muerte y me llevaban hacia otra parte. En el trayecto, escuchaba voces lejanas, conversaciones apenas perceptibles en inglés y otras en español, junto con unos chillidos y unas caricias húmedas y ásperas en la cara; en medio de aquellas voces que me rodeaban, se disparaba el llanto de un niño pequeño. Entre su llanto, escuchaba balbuceos salir de su boca, pero algo en mí me decía que su tonada no era la de un bebé. Quizás esas voces eran las de otros que me acompañaban al más allá, personas que finalmente habían abandonado este mundo cruel y se reagruparían con sus seres queridos al igual que yo. De repente, desperté en un salón de clases poco alumbrado, con cerros de butacas apiladas a los costados como murallas negras y erizadas. Tenía la boca hecha un desierto y sentía el cuerpo atrofiado. De pronto, un hombre robusto, alto, que expelía un olor bastante acre, merodeando los treintas, de largas barbas pardas que le daban el aspecto de un oso grizzly, caminó hacia mí con una botella de agua.

-¿Quieres agua?- Me preguntó con un marcado acento anglosajón en su español, agachando la mirada.

Tomé la botella y me la empiné torpemente, derramando agua sobre mí. Detrás de él, se acercó otro sujeto idéntico a él, acompañado de un niño de melena castaña y rostro sucio, resguardado tímidamente detrás del otro tipo de barbas pardas. Y detrás de ellos, salió disparado un perro hacia mí, muy feo y apestoso, pero sobre todo, cariñoso y adorable. Se abalanzó sobre mí a besos y chillidos ansiosos.

-¿Dónde estoy?- Pregunté desorientada, al intentar erguirme de las sábanas con una mueca de dolor para acariciar al perro, mientras la pierna que tenía envuelta alrededor de gasas, me punzaba al compás de mis latidos.

-Estamos en una escuela, o al menos eso era antes de todo esto- contestó el hombre con una sonrisa desganada, aún sin alzar la vista. -Decidimos quedarnos aquí hasta que te sintieras mejor- y colocó mis pertenencias a un lado de mí.

El niño se asomaba detrás de la pierna del otro hombre, y me observaba de manera curiosa con sus enormes ojos azulados como el mar.

-¿Cómo se llaman?- Pregunté intrigada, al darle otro trago moderado a la botella, cayendo en cuenta de que estaba en paños menores y por eso no me volteaban a ver.

-Yo soy Jason, él es mi hermano gemelo, Tom. El niño es mi sobrino, Zack, y el perro es nuestro integrante más nuevo, así que aún no le damos un nombre.

Agarré las sábanas y me tapé hasta la altura del cuello, aunque estuviera haciendo un calor húmedo y sofocante. El hombre se detuvo un momento, acariciándose las barbas pardas, como si estuviera gestionando en su mente algo más que decir.

-A pesar de que Zack es un niño medio tímido, le encantan las muchachas- continuó el hombre, al volver a esbozar una ligera sonrisa reprimida bajo sus barbas y voltear a verme por primera vez a los ojos. -¿Cómo te llamas tú?- Preguntó.

-Sol, me llamo Sol González Toledo- contesté al sonreírle al pequeño Zack, quien asomaba un ojo detrás de la pierna de su padre.

El niño me sonrió y le balbuceó algo a su padre que no pude entender, desde lo bajo.

-Vas a tener que disculpar a Zack, pero él no puede hablar bien- intervino su padre por él al abrazarlo. -Pero creo que le caes bien.

Le volví a sonreír al pequeño y agité la mano para saludarlo. Se volvió a resguardar detrás de la pierna de su padre con las mejillas sucias y ruborizadas, y volteé a ver a Jason, su tío.

-¿Hacia dónde se dirigen?- Pregunté al doblarme hacia delante, mientras sentía unos ardientes aguijonazos en el abdomen y la pierna que me picaba sin cesar bajo las gasas.

-Estábamos de vacaciones aquí en México cuando ocurrió todo esto; hemos caminado desde Oaxaca y hemos recorrido todo México estos últimos años, hasta que terminamos aquí en Guadalajara. Apenas íbamos a buscar refugio para pasar la noche, cuando escuchamos el disparo y los sonidos de aquella cosa que por milagro no te hizo jirones. Nosotros nos dirigimos hacia el norte, hacia Montana, en Estados Unidos- contestó Jason al pausarse un momento y mirar el suelo antes de continuar. -Creemos que lo más sensato por ahora es alejarnos de aquí lo más que podamos. Afuera de la iglesia donde te encontramos, vimos a una de esas criaturas de armadura ahí empalada. Pensábamos que se habían marchado después de que nos masacraran a la mayoría y que arribaran las demás criaturas, pero después de ver a una de ellas ahí, ya no estamos muy seguros de qué pensar.

Me detuve a pensar un instante, viendo sin ver al perro que me lamía las palmas de las manos, mientras la imagen de aquella cosa se volvía a plasmar como una fotografía mental en mis pensamientos.

-Sí, también la vi- contesté yo, esta vez sin voltearlos a ver. -¿Creen que ésta pudo haberse quedado atrás? Porque también llevo años sin ver a una de ellas.

El otro hombre con semejanza casi homogénea a la de su hermano, Tom, dio un paso hacia delante, mientras el niño lo seguía para volverse a refugiar detrás de su pierna.

-Podría ser, pero como recordarás, esas cosas no son tan misericordiosas como la bestia alada de la iglesia que te perdonó la vida. Esos caballeros espaciales son capaces de descuartizarte al primer contacto y quemar tus restos como si fueras portadora de alguna enfermedad mortífera- contestó con la mirada congelada, como si también estuviera rebobinando algún acontecimiento hórrido en su cabeza.

-No hay necesidad de recordármelo, lo recuerdo todo como si hubiera ocurrido ayer- contesté al rebobinar en mi larga y deteriorada remembranza, el día en que volví a mi casa, después de que el cielo se partiera en dos.

Jason le echó una mirada severa a su hermano y volvió a rascarse sus barbas pardas, tímidamente, y volteó a verme con las mejillas sonrojadas.

-Bueno, ya que todos estamos de acuerdo en que es demasiado peligroso para que una joven como tú esté merodeando este mundo con una herida de bala en la pierna y en paños menores, ¿no te gustaría acompañarnos en nuestro viaje?

Pelé los ojos atónita, no sabía qué responderle; desde el inicio de todo esto, había iniciado esta etapa de mi vida sola. Había sobrevivido los últimos cinco años de mi vida a costa mía y no estaba segura si quería cambiar eso a estas alturas. Ahorita no tenía que preocuparme por nadie y eso me gustaba; no estaba lista para volver a sentir ese dolor entrañable, ese que duele más que un disparo y quema más que una hoguera. No quería volver a perder a nadie más; mi corazón no podría soportarlo, no otra vez. De pronto, volteé a ver al perro, con su pelaje sucio como un tapete descuidado y su lengua de fuera que me arrancaba la sonrisa de la cara, mientras chorreaba sobre mis gasas. Me veía perdidamente a los ojos con un brillo inocente y atestado de melosidad, el cual calentaba mi corazón como una taza de chocolate humeante.

Cerré los ojos y suspiré desde lo más profundo de mí; cualquiera que fuera la decisión que tomé aquel día, será otra historia para otra ocasión.

JUEVES DE LIQUIDACIÓN

-¿Logras ver algún cajón desocupado, amor?- Preguntó un hombre de barba negra y cabeza afeitada, al torcer el volante lentamente hacia su derecha.

-Aún no, pero es increíble lo lleno que está el estacionamiento para ser jueves, ¿no crees?- contestó una pelirroja de cabellos cortos y rebeldes como llamas, sentada a lado de él, al torcer la cintura hacia la parte trasera del Jeep.

En los asientos traseros, dormían profundamente dos tiernos bebés de meses; parecían pequeñas bolas de masa blanca e impoluta como la leche, con caras apachurradas; vestidos con prendas adorables y homogéneas, y con las mejillas suavemente ruborizadas como la delgada y afelpada cáscara de un durazno. La mujer custodiaba constantemente el letargo de sus pequeños con una sonrisa amartelada, mientras las pupilas de su marido comenzaban a rebotar de un lado a otro desesperadamente como pelotas de goma.

-¡No hay ni un solo cajón desocupado en este pinche supermercado!- profirió exaltado el hombre de barba negra, al golpear con la mano la orilla del volante. -¡Vámonos a otro lugar, estoy hasta la madre de estar buscando estacionamiento a lo pendejo!

-Tranquilo, pelón. Vas a despertar a los niños. Si quieres, bajo yo sola y te marco cuando haya terminado de comprar la despensa- contestó la mujer con una sonrisa serena que embonaba a la perfección con su tono de voz. -De todas formas sólo están permitiendo el ingreso a una sola persona por familia; y si vas tú, sé que te vas a perder en el área de videojuegos y juguetes por horas, y vas a olvidar comprar la mitad de las cosas que apunté en la lista.

El hombre cambió súbitamente su semblante amargo, y asomó entre sus barbas, una sonrisa risueña después de la reprimenda que recibió de su esposa.

-¿Estás segura?- Preguntó el hombre al fruncir el ceño, dudoso, volteando hacia la parte de atrás, donde reposaba el par de gemelos en un sueño que parecía sempiterno.

-Sí, hombre, tú estaciónate a unas cuantas cuadras de aquí y yo te marco cuando haya terminado de hacer las compras.

El Jeep oliváceo siguió avanzando entre la perezosa hilera de carros y se detuvo hasta llegar a la fachada del supermercado, la cual se encontraba obstruida por una densa y agitada muchedumbre, esperando ingresar a sus instalaciones.

-¿Acaso va a ser el fin del mundo?- preguntó el hombre sacado de sus casillas, al ver el tapete de cabezas humanas con cubrebocas fluir por las entradas con la misma adversidad que fluye un hilo líquido a través de un globo perforado lleno de agua.

-Deja de ser tan quejumbroso, pelón- contestó la mujer al plantar sus finos labios sobre la mejilla de su amado y abrir la puerta del auto a sus anchas. -Cuidas bien a los niños, ¿eh? Te marco en cuanto esté afuera.

La pareja se despidió, y la esbelta mujer de cabello corto y revuelto, descendió del auto y se incorporó trabajosamente a la aglomeración como si fuera otra hormiga más de la colonia. Tomó un carrito de supermercado, se integró a la fila, y se colocó el cubrebocas como si estuviera siguiendo un manual de instrucciones en su cabeza, mientras el estrepitoso y ensordecedor coro de las distintas voces ahí mezcladas, comenzaba a provocarle un ligero dolor de cabeza a tan sólo un minuto de su arribada. Esperó así un par de minutos más, con los codos reposando sobre la agarradera, empujando el carrito con el abdomen, con el celular adherido a las manos, hasta que llegó su turno para ingresar. Ahí, un guardia de seguridad mayor le tomó la temperatura y depositó en sus manos una plasta helada de gel antibacterial. Ella la revolvió bien entre sus manos pálidas y avanzó ahí adentro con la misma parsimonia desquiciante que afuera. Los pasillos del supermercado estaban más transitados que la Quinta Avenida de La Gran Manzana; no podías avanzar más de tres pasos, antes de que te vieras obligado a frenarte súbitamente ante cualquier cosa; no obstante, se requería de mucho más para poder agotar la paciencia de esta joven e incansable madre, que estaba determinada a cumplir con su objetivo ahí adentro, fuera cual fuera la adversidad de la situación. Finalmente se detuvo en un pasillo de enlatados y comenzó a realizar sus primeras compras. Al vislumbrar discretamente hacia sus costados, pudo observar algunos carritos con cantidades absurdas de papel higiénico apilados en su interior; era tal la cantidad, que si juntaba todos los rollos que vio en los carritos de supermercado durante su visita, podría construir un castillo con ellos ahí mismo. Dejando atrás la atención que le prestó a esa desconcertante conducta que proliferaba como el mismo virus que sacudía al mundo allá afuera, continuó con sus compras, hasta tachar la mitad de los artículos de su larga lista, que por un momento parecía no tener fin. Cuando llegó al área de embutidos y carnes frías, con la mitad del carrito a su capacidad, una conmoción estruendosa retumbó en todos los pasillos como un trueno, sembrando al principio curiosidad entre sus clientes. Todos se detuvieron al mismo tiempo y asomaron sus cabezas en lo alto como suricatas, enfocando sus miradas curiosas hacia la misma dirección. El ruido crecía como una voraz corriente que desembocaba desde la entrada, acompañada de unas detonaciones de armas de fuego, y gritos agudos y desesperados. Todos los clientes se tiraron al suelo como si estuvieran en medio de un atraco, más desconcertados que asustados, ante lo que estaba ocurriendo fuera del alcance de sus ojos. Debajo de los asustados, el suelo comenzó a vibrar como si se aproximara una estampida de búfalos hacia ellos, seguida por los horripilantes gritos que sembraron pánico en los abismos de sus inquietados corazones. Esperaron petrificados y tendidos en el suelo, cuando el compositor de la desafinada sinfonía apocalíptica finalmente se reveló ante su agitada audiencia. Una ola de civiles ordinarios, resguardando sus identidades detrás de sus cubrebocas como perniciosos bandidos, corrieron detrás de sus carritos con armas de todo tipo a la mano, propagándose más rápido que un incendio veraniego por los pasillos y causando estragos por doquier. Sus integrantes comenzaron a vaciar las estanterías y los carritos de los clientes que estaban haciendo sus compras, llenando sus carritos salvajemente con todo lo que cruzase sus ojos como una tripulación de piratas avaros e inescrupulosos. A unos cuantos pasillos de distancia, un hombre joven intentó detener el saqueo de su carrito ante una pareja, frente a su familia. El sujeto y el malicioso dúo forcejearon unos segundos, cuando más rápido que un parpadeo de ojos, el joven recibió tres puñaladas en el cuello con un desarmador frente a su pareja e hijo, y fue despojado de todas sus posesiones. La sangre le brotaba a chorros y empapaba su ropa y la de su familia, quienes lo sujetaban entre sus brazos a llantos desgarradores. En ese preciso momento, cundió el pánico a la redonda. Algunos clientes abandonaron sus carritos y salieron despavoridos a gritos inconsolables, temiendo por sus vidas, mientras otros sucumbieron ante su naturaleza repulsiva y se unieron al caótico asalto. La joven madre estaba estática en el suelo, horrorizada, viendo cómo la gente vaciaba la tienda, robándose hasta las cosas más insignificantes, y convirtiendo el súper en un sangriento campo de batalla. Se enderezó y se aferró de su carrito, viendo cómo se perpetuaba una carnicería furibunda, que a ojos ciegos de los participantes, era necesaria para sobrevivir a una cuarentena sin futuro fijo. De repente, mientras era espectadora en primera fila de las bajezas que ocurrían ante sus ojos, de manera fortuita sintió cómo alguien le arrancó el bolso del hombro y la aventó hacia los embutidos, cayendo encima de una cama helada de salchichas empacadas. Una mujer robusta, de cabellos canos como la punta de un cigarro encendido, y una mirada que irradiaba vileza, se abalanzó sobre ella y colocó su antebrazo sobre su cuello, dejando caer lentamente todo su peso sobre ella. La joven madre comenzó a zangolotearse de manera arrebatadora, de un lado a otro como un pez fuera del agua, con el rostro inyectado de sangre, al sentir cómo la vida se le escapaba lentamente entre los dientes.

-¡Deme todo lo que traiga, señorita!- Gruñó aquel mastodonte de piel porosa, con la boca torcida, al revisar bruscamente los bolsillos de la joven y apoyar todo su peso en su antebrazo, cortándole el oxígeno de tajada.

El rostro despiadado de la mujer comenzó a borrarse entre un velo traslúcido y nebuloso, mientras la joven sentía que sus ojos iban a salir disparados como cohetes de sus cuencas en cualquier momento debido a la falta de aire. De repente, unos fuertes disparos se escucharon a metros de ella y la colosal mujer salió despavorida como una vaca temerosa. La joven madre se acarició el cuello que le ardía al rojo vivo y comenzó a tomar aire a enormes e insondables bocanadas. A tres metros de distancia de ella, yacía el guardia de seguridad que la atendió en la entrada, en medio de un amplio charco de sangre que se extendía sin prisas sobre el suelo, rodeado de mercancía mermada y carritos volteados. La joven se levantó de manera vacilante y giró su cabeza que le dolía como si mil picahielos le hubieran atravesado el cráneo. Entre el caos, entre la salvaje horda de humanos que habían renunciado a todo aquello que los caracterizaba como tal, y los cadáveres frescos que poco a poco iban apilándose en el suelo, logró divisar la salida como una luz al final de un túnel. Sin darle vueltas al asunto, abandonó su carrito y salió trotando hacia la lejana luz sin dinero, celular y sin haber culminado su misión. Mientras se acercaba hacia la salida que relucía con un fulgor celestial que parecía la entrada del paraíso cristiano, en medio del limbo atestado de pecadores donde se encontraba, y a muy poco de vomitar sus pulmones a jadeos, divisaba con el rabillo del ojo el desbarajuste que se extendía a su alrededor. A sus costados, corría gente de todas las edades, de todos los estratos sociales, y de todos los colores, con carritos rebosantes de mercancía; otros con televisiones, y algunos con aparatos electrónicos completamente inútiles para su supervivencia, hacia la salida del supermercado. Habían transcurrido tantas cosas en tan poco tiempo, que no se había percatado de a qué hora comenzaron a sonar las alarmas del establecimiento, que chirriaban como el llanto incesante de un infante recién nacido. Al cruzar las puertas de ese infierno abovedado, no sintió alivio de haber escapado como lo había imaginado, sino todo lo contrario. Un enorme hueco creció en su estómago y licuó sus entrañas, al recorrer incrédula con la mirada el exterior, que hasta hace unos minutos, era civilizado. Gruesas columnas de humo ascendían hacia el cielo desde las carcasas ardientes de algunas patrullas esparcidas en el estacionamiento, mientras los mezquinos saqueadores vaciaban sus motines en las cajuelas de sus vehículos, con sus familiares afuera ayudándoles a completar su objetivo con una normalidad que la hizo perder la fe en la humanidad. La joven madre se quedó parada donde estaba, congelada, viendo cómo ardía el mundo a su alrededor en silencio. A esas alturas, no escuchaba nada; estaba tan errada y aturdida a lo que ocurría a su alrededor, que los sonidos no lograban registrarse en sus oídos. De pronto, alguien volvió a tirar de ella violentamente; cuando ella volteó arisca, lanzando un golpe en automático, se encontró con el amoroso rostro afelpado de su marido. Él recibió el golpe en la mandíbula como si fuera una especie de caricia y la envolvió en sus brazos. La escoltó hacia el auto, protegiéndola con todo el amor de su corazón y la carne desprotegida de su espalda, y la subió al Jeep. Salieron derrapando llanta de ahí lo más rápido que pudieron, sin darle tiempo a la horda enloquecida que les prestara atención. Adentro, ella aún consternada, volteó a ver a sus pequeños impulsores con ojos profundos y vegetales, quienes permanecían dentro de su letargo, mientras la ciudad poco a poco se convertía en una selva de asfalto ingobernable.

UN TAQUITO MÁS

Dentro de un terreno árido, a leguas de todo rastro de civilización moderna, bajo la fresca sombra de un tejado de láminas viejas; custodiado por hombres de rostros agrios, con armas de fuego largas y poderosas como el legendario Quetzalcóatl, estaba reunido un reducido grupo de hombres sombrerudos, robustos, de bigotes tupidos, y rudos como forajidos, alrededor de una ardiente fogata. En su mayoría, a excepción de uno, eran del tamaño de toros sementales. Era tal el sobrepeso que envolvía sus desventurados esqueletos, que sus grasosas nalgas se escurrían por los costados de las sillas metálicas como manteca caliente, que a duras penas podían sostener su peso. Bebían y reían, elogiándose los unos a los otros por sus grandes e infames hazañas; entre ellos, había un joven, delgado, pero con un hambre igual de abismal e insaciable que el resto de sus nuevos camaradas.

-¡Lo hiciste bien, compa!- Exclamó uno de ellos, al alzar su cerveza de lata en el aire y dirigir su mirada hacia el más esbelto. -Estuvo fácil la tarea que te encomendamos, ¿no?

El joven, si es que se le podía considerar un joven a un chico de trece años; escuálido como un lagarto, de

harapos pestilentes y espolvoreados de tierra, y con
un par de ojos grandes y saltones como dos huevos,
aún temblaba en su asiento de la adrenalina que circulaba por su sangre inexperta, mientras sus palabras
y su sonrisa pueril hacían un intento patético por
ocultar lo que se podía vislumbrar a simple vista.

-Simón, carnal. Todo bien, la neta- contestó el chico, mientras le daba un sorbo a su cerveza y besaba
de manera ansiosa la colilla de su cigarro.

El grupo rio a sus anchas, agitando sus papadas
como obesos sapos croando alrededor de un estan-
que, uniéndose el chico también al alboroto con una
carcajada tan falsa como la comodidad que aparen-
taba, cuando uno de los hombres que estaba sentado
a su costado, palmó fuertemente su espalda con la
confianza que lo haría un familiar directo.

-Me da gusto, mijo. Mucho gusto, la neta. ¿Y qué
cree?- contestó el hombre de guayabera clara y per-
lada, al pausarse un momento y voltear a ver al resto
de los integrantes con una sonrisa que se asomaba
bajo su delineado bigote negro. -Le tenemos una
sorpresa- y comenzó a aplaudir estruendosamente,
volviendo a agitar las carnes de sobra que le colgaban
por todo el cuerpo.

El resto de los rancheros regordetes comenzaron
a aplaudir como monos cirqueros junto con él, y por
detrás del chiquillo, un brazo pálido con una mano
de uñas rojas, se le envolvió alrededor del cuello, y

por su costado derecho, se manifestó una mujer que expelía una fragancia a perfume caro. Portando un vestido gris como el carbón, que se ajustaba a su figura y exhibía sus atributos como un delicioso festín sobre un banquete; con tacones altos y negros, de peligrosas curvas ubérrimas que podían convertir a un sacerdote en una bestia impía y polígama; con una cabellera larga, roja y reluciente como una cascada de sangre fresca, la cual le caía por la espalda, se sentó sobre las sucias ramas que tenía el chiquillo por piernas y le plantó un beso en los labios. El joven inmediatamente sintió cómo su corazón se detuvo por un instante y la sangre se le subió hasta la cabeza. Al terminar, la joven mujer clavó sus enormes ojos negros como la noche sobre el chico y acarició sus labios, los cuales había manchado de rojo con su sello femenino.

-¿Te gustó?- Musitó la mujer con tono seductor y meloso, al situar su mano sobre el pecho del joven, mientras sentía sus acelerados latidos bajo las yemas de sus dedos.

El chico, que por un momento había olvidado la aberración que había cometido hacía algunas horas, no perdió tiempo y comenzó a sobar las firmes sentaderas de la mujer, con una sonrisa idiota que recorría su cara de oreja a oreja, con un fulgor en sus ojos que podía confundirse fácilmente a ojos ajenos como "amor a primera vista". Los hombres volvieron a reír con sus carcajadas que se escuchaban como relámpagos, y el mismo hombre que había palmado su espalda, retomó la celebración al situarse de pie, lo cual le resultaba bastante laborioso debido a su peso.

-Bueno, muchacho cabrón, si quieres ahorita te encierras un rato con la Bathory; pero antes de continuar con tu bienvenida, vamos a comer primero, ¿te late?

-¡Simón!- Contestó el joven tímidamente, aún con esa sonrisa tonta y juvenil dibujada en su alargado rostro, sin despegarle la mirada de encima al prominente escote de la joven, quien se dejaba manosear por el chico como un objeto creado para entretener. -La neta sí tengo un chingo de hambre- afirmó al darle otro sorbo a su cerveza.

-¡Pues no se diga más!- continuó otro hombre al empinarse su bebida de un trago.

-¡Doña, tráiganos unos tacos, ¿o qué?!- Gritó otro de los descomunales sujetos, al voltear hacia atrás, donde había una señora encorvada cocinando carnitas en un cazo que crujía a borbotones por dentro.

El delicioso y dulce olor que expelía la carne se extendía en el aire como una jugosa y grasosa melodía, que abría apetitos y humedecía paladares indiscriminadamente hasta donde alcanzaban sus pegajosos tentáculos. Mientras los caballeros humedecían sus gargantas con su cerveza clara y barata, y se enfrascaban nuevamente en sus pláticas superfluas y narcisistas, el chiquillo platicaba y acariciaba las piernas desnudas de la chica con un morbo deleitoso. La señora, en su inmundo rincón de trabajo, cortaba la carne con un cuchillo y la acostaba con una delicadeza maternal, sobre unas tortillas humeantes recién torteadas. La señora finalmente llegó y comenzó a entregarles sus platos, uno por uno, hasta servirles a todos y regresar a su asqueroso puesto de trabajo.

-¡Buen provecho!- exclamó uno de ellos, al llevarse su enorme taco a la boca.

Los tacos estaban rechonchos como lechones; escurrían todo tipo de salsas preparadas a molcajete y guacamole por las orillas reforzadas con doble tortilla. La chica envolvió su mano alrededor de un taco que reposaba sobre el plato del joven y lo condujo hacia la boca del chico.

-Abre la boca, campeón- musitó sensualmente, con sus carnosos labios del mismo color de su cabello. -En cuanto acabemos de comer, tú y yo nos vamos a desaparecer un ratito para bajar estos tacos.

Dejando a un lado los pocos modales que aún conservaba, el chico tomó el taco con la punta de los dedos y se lo llevó a la boca como si estuviera muriéndose de hambre. Con la primer mordida, sintió las explosiones consecutivas de extraordinario sabor detonar en su paladar como dinamitas dentro de una mina. Masticó la jugosa y deliciosa carne, fascinado, y le dio otro sorbo profundo a su cerveza helada, cuando sus muelas se cruzaron con algo demasiado voluminoso para triturar. El joven introdujo su dedo a la boca de manera inapropiada, y extrajo ese cacho carnoso y duro como un callo de ella. Cuando finalmente lo retiró y se lo llevó a los ojos, intrigado, lo arrojó junto al resto del taco al suelo, horrorizado y vomitando a chorros como llave de fregadero. Sobre la tierra, yacía un dedo del pie mutilado, aún con su gruesa uña amarillenta y de orillas negras acorazándolo. En el suelo, un perro mestizo se acercó a comerse el resto del taco de la tierra, y al terminar, se llevó el dedo de postre, antes de desaparecerse en el verde horizonte que rodeaba el rancho. El joven se limpió la boca con la mano y volteó a ver al resto de sus compañeros, desconcertado, mientras ellos, junto con la chica, lo atravesaban con sus sanguinarias miradas que eran tan penetrantes como una lluvia de lanzas primitivas a punto de despedazar a su objetivo.

-¿Qué pasó, pariente? ¿No le quieres entrar al negocio o qué?- Preguntó uno de ellos, al masticar con la boca abierta y escupir vestigios de comida triturada a la redonda como proyectiles disparados de una escopeta.

El resto de los hombres estallaron a carcajadas, lo que hizo crecer la confusión y el miedo del joven aún más. Después de varios segundos, llegaron a un silencio absoluto, y como si estuvieran sincronizados por alguna entidad malévola, desenfundaron sus armas cromadas y doradas, revestidas de piedras preciosas que le arrancaban destellos de luz al fuego, volteándolo a ver con sus miradas nulas de benevolencia.

-Le acabas de aventar al perro un dedo del cabrón que te mandamos a chingar hace rato, compa.

Y como sabes, en este negocio no somos nada des-
perdiciados con la comida- vociferó con severidad
uno de ellos, con una mirada diabólica que brillaba
como dos enormes diamantes bajo la sombra de su
extravagante texana negra. -Si quieres formar parte de
nosotros, te vas a tener que chingar un taco completo
de aquel compa, si no, te vamos a chingar nosotros a
ti, ¿cómo ves?

La chica se levantó de las piernas del chiquillo, las
cuales habían manchado sus sentaderas de tierra, en
lo que la anciana llegaba con otro plato y se lo entre-
gaba al joven con la misma exquisita apariencia que el
primero. El joven volteó a ver en hilera, horripilado,
uno por uno, a los hombres con los que soñó unirse
desde que abandonó la escuela y falleció su padre.
Abrió su taco con las manos temblorosas, igual que
una víctima de Parkinson, y vislumbró en él, una oreja achicharrada, y lo que parecía parte del rostro de
su víctima, distinguiendo dentro de la tortilla, lo que
parecía parte de su labio superior, aún con vellos faciales y supurando grasa por los poros. Sintió como
si tuviera un erizo atravesado en la garganta que lo
asfixiaba y volteó a ver a sus nuevos hermanos una
vez más, quienes lo veían despiadadamente como una
manada de hienas voraces, jugando psicológicamente
con su presa antes de hacerla trizas. Uno de ellos sacó
de su bolsillo una pequeña bolsa con un polvo blanco
como la nieve y se la entregó al muchacho.

-Si no puede hacerlo, esto le va a hacer el paro, viejón.

El joven abrió la bolsa, desesperado, y la vació en su nariz tan rápido como se le entregó. Sus ojos se dilataron y cobraron un fulgor igual de fulminante que el del sujeto de texana negra, al aspirar su contenido nocivo que le entró como el agua y lo quemó como el fuego, corrompiendo sus sentidos y su mirada en niveles que jamás había experimentado.

-¡Fierro!- Exclamó uno de ellos al darle un trago a su cerveza, emocionado. -¡Menos mal no le tocó chingarse un taco de verga!- Gritó otro, burlesco, más emocionado que el otro, cagándose de risa en su silla.

No pasó mucho tiempo para que todos volvieran a estallar a carcajadas desdeñosas al unísono, mientras sus miradas enterraban al joven en una profunda tumba de burlas y humillaciones. El chico se irguió en su asiento, decidido, con la nariz manchada de aquel polvo sudamericano y con la mandíbula entumida; se empinó su cerveza entera como una bestia zafia y descerebrada, y atacó con una mordida salvaje su taco, mientras aquellos sujetos de rostros retorcidos y regordetes, observaban fascinados y con ojos perversos, cómo el chico comenzaba a convertirse lentamente en uno de ellos. La joven Bathory por otra parte, mostraba un semblante pétreo y frío como el de una escultura, sin despegarle sus enormes ojos negros y abismales de encima al muchacho, quien se reflejaba en ellos como la silueta de una sombra en la orilla de un lago. El chico masticaba y pasaba, masticaba y pasaba, lentamente, sin cesar. Sentía cómo los bigotes recortados de su víctima le rascaban las paredes de la garganta, provocándole unas ganas inaguantables de vomitar, pero sabía muy en el fondo que si fallaba, podría terminar él mismo dentro de una tortilla, cortado en pedacitos masticables, listo para humillar a otro joven igual de ingenuo y ambicioso que él. Cerró los ojos y comenzó a imaginarse cosas placenteras; comenzó a acariciar la opulencia con la que siempre había soñado desde su complicada niñez: carros, dinero y mujeres por montones, rodeado de gente importante y hombres armados a su mando, lo cual le hizo más fácil digerir lo que estaba ocurriendo. Se pausaba en veces y los volteaba a ver, albergando la genuina esperanza de que su nueva familia de alguna manera se apiadara de él, pero esa petición jamás salió de aquellos labios atiborrados de palabrería obscena, alcohol y comida triturada. El chiquillo, con el estómago revuelto y la quijada adolorida de tanto masticar, después de varios minutos que se sintieron como días para él, se empinó el último bocado y se lo pasó con un enorme trago de cerveza que casi lo ahogó. Los rancheros se pusieron de pie con la misma dificultad que lo haría una manada de elefantes, y con unas sonrisas demenciales en sus rostros regordetes, le aplaudieron al muchacho y lo envolvieron en fuertes abrazos fraternales. El sujeto de texana negra fue el último en levantarse de su asiento y caminó hacia él, abriéndose paso entre el resto del grupo. Sacó

de un estuche negro y pequeño, una cadena de oro
que brillaba bajo las llamaradas de la fogata que chis-
porroteaba enloquecida: un dije de una Santa Muerte
dorada, con una corona de tres puntas sobre su ca-
pucha, con una guadaña en una mano, y un cuerno
de chivo en la otra, cuya superficie estaba revestida
de diminutos diamantes que destellaban como estrellas, vacilaba lentamente entre los gruesos dedos del
hombre. El mastodonte de texana negra le entregó
el dije a Bathory. La mujer, quien nuevamente lucía
su delicado rostro de facciones finas y frágiles, con
una sonrisa blanca, cortante y letal como la daga de
una amante que te taja el cuello mientras duermes,
colocó la cadena alrededor del cuello del chiquillo y
sobó sus mejillas con sus pulgares, antes de volverle
a plantar un beso que lo devolvería a la vida. Al terminar, ella se hizo a un lado y el hombre de texana
negra se acercó hacia él a pasos pesados que hicieron
zumbar la tierra. Colocó su mano sobre el hombro
del muchacho y volteó a verlo a los ojos, con su agu-
da mirada que reflejaba en ellos su sórdido pasado
atestado de pecados y fechorías impronunciables para
la mente ordinaria.

-Bienvenido al Escuadrón de la Santa Muerte, pa-
riente- musitó el hombre, dándole la bienvenida oficial al muchacho. -Ya formas parte de nosotros.

SANGRE DE TU SANGRE

Dentro de una casa humilde, de muros de adobe, extensiones vastas, y primigenia de las últimas generaciones de una descendencia sana, prolífero y unida, estaba reunida toda la familia Guzmán un dos de noviembre, para conmemorar a todos sus ancestros que habían trascendido a mejor vida. La reunión era como la de años anteriores; era como festejar Noche Buena en noviembre, pero con pan de muerto sobre la mesa. Se reunían primos, tíos, hijos, nietos, padres y abuelos para edificar un enorme altar colorido y piramidal, adornado con pintorescos cráneos hechos de todo tipo de material, con velas y pétalos de cempasúchil regados sobre sus escalones, tapizándolo de antiguas fotos de los queridos conmemorados, quienes gozarían una vez más de un banquete con la capacidad de matarle el hambre a toda una manzana, buena música, pero sobre todo, un ambiente ameno creado para traerlos de vuelta y convivir con ellos esa noche en particular. Los adultos y los más jóvenes platicaban, cantaban y reían jocundos, como si tuvieran años sin verse las caras; comían del banquete compuesto por cada una de las damas de la familia, mientras los niños corrían incansablemente de un lado a otro de la gran y vieja vivienda, como si sus cuerpos funcionaran por medio de pilas. Entre tantos niños, enérgicos como la vida misma, había uno de ellos que se veía apagado. El niño de no más de siete años, escuálido como un palillo y con ojos vivos como los de un ratón, veía cómo sus primos jugaban entre ellos y gritaban entusiasmados, mientras él sostenía su balón de fútbol entre sus manos, como si no existiera. Lo colocó sobre el áspero suelo de cemento y lo pateó hasta el otro extremo del patio con todas sus fuerzas. La pelota salió disparada y se metió entre las piernas flacas y cenizas de los niños que corrían de un lado a otro a su alrededor, hasta sumergirse detrás de una cortina que colgaba holgadamente de la entrada de una habitación alejada, rodeada de sombras escalofriantes y plantas que danzaban al compás del viento. El niño corrió hasta la entrada, cortando paso entre los demás niños que brotaban alrededor de él como ratas dentro de un hervidero, cuando se detuvo en seco, como si su cerebro advirtiera algún peligro del otro lado de la cortina marchita frente a él. Sus ojos brillaron como dos piedras preciosas bajo la luz de la luna, mientras miraba estático e indeciso la cortina que ondeaba de manera etérea con el viento y revelaba una oscuridad impenetrable del otro lado. El pequeño tragó saliva, encogió los puños, y penetró la cortina con una valentía ciega, ignorando millones de años de evolución neurológica. Adentro, el olor a tierra y el aire sobrecargado de polvo le cosquillearon la nariz hasta el cerebro. Era casi imposible divisar algo bajo esa oscuridad sin tener algo con que alumbrar. El resplandor de la luna se lograba filtrar por algunos resquicios en el techo de láminas y hacía brillar como plata la superficie de un montón de chatarra apilada en el cuarto. El niño, sin poder obtener una imagen clara de su entorno, finalmente obedeció a las advertencias que le mandó su cerebro y se dio la vuelta, horrorizado, olvidándose por completo de su pelota, cuando oyó una voz detrás de él:

-¿Buscas esto, chamaco?- Pronunció la voz áspera y achacosa.

El niño se estremeció de un salto y volteó lentamente hacia atrás, sintiendo que iba a desembocar su corazón por la boca del susto. Detrás de él, había alguien que definitivamente no estaba ahí antes, hasta el aire había cobrado otro aroma, mezclándose con un olor acre y penetrante a orines. Frente a él, sumido en la oscuridad, había un señor esquelético, hundido en un equipal, con pliegues profundos a lo largo de todo su rostro ancestral, con mechones de cabello delgado y blanco como hilos traslúcidos que le salían por los costados de su sombrero de paja, sosteniendo el balón del niño entre sus huesudas manos envueltas en pellejos delgados y percudidos por los años. El niño ingenuamente, pero sin bajar la guardia, se acercó lentamente hacia lo poco que quedaba del hombre y tomó su balón de sus manos gélidas como las madrugadas de diciembre. El nonagenario reveló una sonrisa cimentada por uno que otro diente de hueso y metal, la cual envolvió curiosamente al niño en un velo de paz.

-Gracias- contestó el niño tímidamente, al ver al pobre hombre hundido entre tanta inmundicia y oscuridad, pudriéndose lentamente junto con su entorno.

-¿Por qué no vas a jugar con los demás niños? Aquí está muy sucio y hay muchas arañas- preguntó el anciano sin borrar esa sonrisa arcaica de su rostro estriado como una pasa. -Éste no es lugar para que esté jugando un chiquillo como tú.

El niño bajó su mirada hacia su balón y contestó en una voz que se convirtió en un susurro a media oración:

-No sé, casi no me caen bien mis primos- dijo al encogerse de hombros, frunciendo el ceño. -Aparte, me ignoran como si no existiera.

El señor estalló a carcajadas al golpear débilmente los codos de su equipal, como si estuviera utilizando las últimas reservas de energía que aún albergaba aquel montón de huesos con pellejos que conformaban su cuerpo.

-Qué caray, yo era igual que tú cuando era niño- contestó el anciano con una sonrisa desdentada. -Nadie nunca quería jugar conmigo, así que siempre terminaba jugando solo aquí en este lugar.

-¿Por eso estás aquí escondido? ¿Por eso no sales a convivir con mis tíos y los demás?- preguntó el niño intrigado, con un semblante conquistado por una confianza ambigua.

-Algo así. Yo ya estoy muy viejito como para convivir con todos ellos. Me conformo con escuchar sus risas desde aquí en estas épocas del año, pero tú deberías estar allá con ellos, chamaco. Al final de cuentas son tu familia.

El niño volteó a verlo y le regaló una sonrisa.

-Pero me quiero quedar a jugar aquí contigo.

El anciano meció la cabeza de un lado a otro, cerrando los ojos con un cansancio que no podría cesar ni en mil años.

-Pero no puedes estar aquí, te va regañar tu mamá cuando te vea platicando aquí conmigo. ¡Órale, váyase a jugar con los demás chiquillos! ¡Córrale, chamaco travieso!

El niño se detuvo a pensar por un momento antes de contestar.

-Está bien, pero si no me dejan jugar con ellos, voy a regresar, ¿eh?- advirtió el niño con sus ojos achispados.

Antes de levantar la sábana que cubría la entrada, el pequeño de corazón noble volteó por última vez con el misterioso anciano y preguntó:

-¿Cómo te llamas?

El anciano le devolvió la mirada, apagada y oscura como aquel recoveco, y contestó con un profundo suspiro por delante:

-Me llamo Antonio, igual que tú y que tu abuelo.

De pronto, el niño sintió como unos dedos del grosor de salchichas se envolvieron alrededor de su hombro y lo apretaron con delicadeza.

-Toni, ¿qué estás haciendo aquí?- Preguntó una señora gruesa, de cabello recogido en una cola, con una enorme y asquerosa verruga color carne que se asomaba por su frente como una segunda cabeza, enfocando una mirada severa sobre él. -Ya les hemos dicho que no entren aquí a jugar, es peligroso.

El pequeño Antonio, confundido como lo estaría cualquier niño a su edad, volteó con el señor, quien permanecía ahí, sentado sobre su equipal, sin decir una sola palabra.

-Tía Meche, acabo de conocer a don Antonio, se llama igual que yo y que mi abuelo- contestó el chiquillo, emocionado. -¡Y si lo sacamos para que conviva con toda la familia?- Preguntó al entrelazar sus dedos frente a su tía, en forma de súplica.

La señora se le quedó viendo extrañada y volteó hacia el equipal.

-Toni, allí no hay nadie- contestó, clavando su mirada en dirección al equipal, con unos ojos cristalinos y apesadumbrados. -Tu bisabuelo que en paz descanse también se llamaba Antonio, pero falleció cuando tu prima Valeria estaba chiquita- contestó con su mirada errada sobre el anciano que juraba no ver.

El niño volvió a girar la cabeza hacia atrás, consternado, donde permanecía el anciano, cargando el peso de su vejez sobre sus hombros. El señor levantó la cabeza con una mirada triste y mortecina, con un movimiento frágil, moribundo y lento, y le esbozó una sonrisa carente de alegría.

-Pero está ahí sentado, tía, lo estoy viendo- contestó el niño, nervioso, hecho un mar de emociones- ¡Se lo juro por Diosito!

La señora volvió a girar la cabeza hacia aquel asiento viejo y cubierto de polvo, apretando la mandíbula y derramando una lágrima por el rabillo del ojo.

-Mejor váyase a jugar con sus primos, mijo- musitó la mujer, tranquila, al sacar al chiquillo de la habitación.

La señora se quedó parada frente al equipal, arrugando el rostro con un dolor que parecía roerla desde las entrañas, mientras un río de lágrimas le corría por las mejillas.

-¿Cuántas veces le tenemos que decir, viejo cabrón? Usted ya no es parte de la familia- susurró la mujer, rabiosa, temblando de la ira como si la misma presencia del anciano la encolerizara. -No voy a permitir que le haga a Toni ni a ninguno de los niños lo mismo que le hizo a mi pobre Valeria.

El anciano guardó silencio como si le hubieran cortado la lengua y hundió la cabeza como una tortuga bajo sus hombros. Bajo ese desgastado sombrero de paja, el anciano desprendió las pocas lágrimas que sus ojos cansinos y enfermizos lograron guardar durante tantos años de encierro, recordando su vida fuera de aquel nauseabundo cubil que llevaba décadas aprisionándolo por sus pecados que jamás conocerían el perdón de su familia. La mujer levantó una vieja y pesada cobija llena de polvo del suelo y la aventó sobre el anciano, sepultándolo bajo su resguardo como a un difunto más. Bajo aquella cobija harapienta, el anciano comenzó a toser como tuberculoso al sentir cómo el polvo reemplazaba el aire que respiraba y oxidaba su garganta, mientras intentaba liberarse de su prisión. La señora, sobrecogida por la presencia y los mezquinos antecedentes de su abuelo, envolvió sus manos alrededor de aquel pescuezo frágil que sentía vibrar bajo sus dedos, y lo apretó con todas sus fuerzas. Después de un rato, el anciano cedió ante su sentencia, después de varios débiles zarpazos y murmullos apenas audibles. La señora, obliterando de su rostro la tristeza y secando sus mejillas con su mandil, se marchó de la habitación y fue a disfrutar de los seres queridos que aún le quedaban, después de haber mandado a su abuelo en un viaje perpetuo con sus demás difuntos.

AMANTES DE LA BUENA VIDA

Afuera del estacionamiento de un edificio futurista, destellante y solemne, el cual se doblaba como torzal antes de penetrar la cremosa nata luminosa de nubes que cubría el cielo, se aproximaba un oneroso Bentley Continental GT descapotado, rojo, recién horneado de la agencia. El vehículo se estacionó pomposamente al ras del filo del asfalto, a un costado de un joven uniformado con un chaleco sedoso de color rojo. El auto se detuvo y de él descendió un caballero cincuentón, alto, de complexión robusta, con una cabellera tupida y oscura, con una que otra cana que la adornaba. El aristócrata de traje cobalto y corbata plateada, caminó hacia el joven, sacudiendo su saco y dejó caer con las puntas de sus dedos las llaves de su fina pieza de maquinaria inglesa, sobre la palma del muchacho.

-Buenas noches, señor Montero- dijo el joven de ceja poblada, con una sonrisa a lo largo de su cara circular. ¿Estrenando coche?

El hombre de pómulos pronunciados y ojos caídos, le devolvió la sonrisa al joven, mientras caminaba hacia la entrada del edificio como una celebridad.

-No me chingo tanto para que los malcriados de mis hijos malgasten mi dinero en puras pendejadas, Juanito. De vez en cuando merezco un regalito, ¿no crees?

-Por supuesto, señor. Estoy completamente de acuerdo con usted- contestó el joven sin borrar esa sonrisa poco natural de su rostro. -Que se divierta, señor Montero.

Sin añadir más, el hombre dejó atrás al empleado de *valet parking* e ingresó al edificio. Adentro, como un caballo adiestrado que sabe su camino de memoria, atravesó de filo un *lobby* oscuro, infestado de rostros deleitados y sonrientes. Las paredes del *lobby* eran de una pierda reluciente y negruzca, y ascendían hasta unificarse en una cuenca abovedada, de la cual colgaban unas enormes esferas luminiscentes de color azul, que parecían hongos extraídos de planetas creados en películas de ciencia ficción. A simple vista, daba la ferviente impresión de que esos hongos eran el palpitante núcleo del edificio. Bajo las esferas azuladas, una fuente de piedra del mismo material que los muros, de doce pronunciados vértices, brindaba un cóctel visual espectacular de chorros que se entrelazaban como telarañas láser, de diferentes tonalidades resplandecientes. El cincuentón cortó camino entre la muchedumbre como unas tijeras afiladas, y se paró frente a una puerta plateada situada en un pilar traslúcido, lleno de agua y peces exóticos. El resplandor de las esferas hacía que el agua y las escamas de los peces reflejaran unos matices fluorescentes, al igual que todo lo demás situado bajo su majestuosidad. El señor Montero presionó un botón en el marco de la puerta metálica y esperó pacientemente con las manos cruzadas, justo bajo sus partes íntimas, sin el menor rastro de asombro reflejado en su semblante. A su costado, se aproximaba una joven pareja tambaleándose de un lado a otro, torpemente, abrazados y riendo en lo bajo, mientras balanceaban negligentemente unas copas llenas de vino con las puntas de sus dedos.

-Mi señor, ¿a qué piso va?- Preguntó el formidable joven de melena relamida, con un auténtico acento español impregnado de alcohol.

-Al ocho- contestó el señor Montero sin girar demasiado la cabeza en un tono apático, y con la clásica sonrisa que desprendemos todos por simple cortesía, aunque la situación no sea de nuestro agrado total.

El hombre se volvió nuevamente hacia su atractiva pareja, y siguieron murmurándose cosas ininteligibles en lo bajo, con una que otra risa disparada en medio de algunas sílabas en el aire que destacaban entre sus susurros. Nuestro empresario, Guillermo Montero, respiró hondo y levantó la mirada, aliviado, al ver cómo descendía lentamente el elevador con unos espectros azulados y escurridizos, bajo el acuario refulgente que lo acorazaba. El mecanismo finalmente aterrizó y deslizó sus puertas a lados opuestos, y de él, descendieron los espectros azulados que en realidad era un grupo de magnates árabes, envueltos en sus largas túnicas y turbantes que se veían de esa pigmentación debido la luz. Salieron hablando enérgicamente entre ellos en su idioma natal, haciendo ademanes bruscos y caminando de manera uniforme. Esperaron a que desalojaran el elevador, y Guillermo, como el cincuentón educado y de alta alcurnia que era, le cedió el paso a la pareja, subiendo detrás de ellos. Las pestañas plateadas del elevador se sellaron frente a ellos y el ascenso comenzó. Adentro, la parejita pasada de copas se confinó en el otro extremo del elevador, como un par de animales territoriales, mientras Guillermo les daba la espalda y observaba atentamente la colorida fauna como si fuera un niño de excursión en el acuario. Observaba fascinado cómo surcaba las aguas con galantería un pez escorpión, con sus ásperas aletas pectorales que parecían abanicos abiertos y desgarrados, con sus coloridos patrones rayados, y su impresionante aleta dorsal por el estilo, que lo coronaba como el pez más hermoso y letal de esa pecera cilíndrica. Sus ojos lo siguieron como una especie de rastreador hasta que se perdió en lo profundo, cuando de repente un ruido inquietante irrumpió su atención. Al otro lado del transparente ascensor, unos tronidos húmedos espesaban y calentaban el aire encerrado que respiraba. Guillermo orientó sus pupilas discretamente al otro lado del elevador, sin girar demasiado la cabeza para no verse como un viejo fisgón, cuando su mirada cruzó camino con el origen del inquietante sonido. Al otro extremo, estaba la mujer arrinconada contra la pared del ascensor, siendo devorada vorazmente por el español a húmedas tarascadas, con la mano del sujeto refugiada bajo el vestido de la dama. La mujer estaba ruborizada como un rábano; se aferraba fieramente del barandal, jadeando incesable, con los ojos cerrados, mientras su aliento se encargaba de crear un ambiente sofocante, capaz de provocarle claustrofobia a cualquiera. Guillermo volteó rápidamente hacia otro lado para no romperles su concentración y notó que la pareja se había ganado uno que otro espectador curioso del otro lado del cristal. Se encogió de hombros, incómodo, y centró su mirada en los peces, hasta que la pantalla del elevador marcó el piso ocho. En cuanto las pestañas de la puerta se deslizaron a polos opuestos, Guillermo olvidó sus refinados modales; dio un paso apresurado hacia delante, huyendo de ahí lo más rápido que pudo, dejando atrás a la parejita, la cual comenzó a plancharse vergonzosamente su ropa con las palmas de sus manos afuera del elevador. Guillermo se aflojó la corbata, acalorado, y caminó a prisas por un pasillo de paredes de piedra oscura como el de la fuente. Mientras caminaba, los besos aún tronaban en sus oídos como secuelas de la guerra. Volteó discretamente hacia atrás, pero no había rastro de ellos en ninguna parte. Al final del pasillo, había un hombre delgado y trajeado custodiando la entrada de unas puertas doradas, de superficie estriada como los pliegues de una estructura rocosa. Al acercarse, Guillermo le sonrió al joven parado en la entrada.

-Buenas noches, señor Montero- Dijo el joven al abrir la puerta. -Enseguida le mando a alguien para que lo atienda.

-Muchas gracias, Eduardo. De preferencia que sea ahorita; no me vendría nada mal un trago en los siguientes diez minutos.

Guillermo atravesó las puertas doradas e ingresó a una amplia terraza atiborrada de mesas con comensales precopeando. Entre las pomposas mesas, apareció un mesero que se dirigía muy sonriente hacia él.

-Buenas noches, señor Montero. ¿Hay algún lugar en específico dónde quisiera sentarse esta noche?

Guillermo barrió la terraza con una mirada analítica, mientas buscaba algún rincón acogedor para empinarse un trago, hasta fijarla en una esquina alejada.

-Hoy tengo ganas de sentarme en esa mesa de allá, la que tiene vista hacia la ciudad- contestó al apuntar hacia ella con el dedo.

-Enseguida, señor.

Los dos caminaron hacia la mesa y el mesero la limpió apresuradamente, antes de que Guillermo se sentara en ella. Al sentarse, el cincuentón admiró desde lo alto el impresionante panorama dividido entre los matices grises de los edificios, las luces que bañaban las calles de oro, y decoraban la ciudad como la circuitería de una tarjeta madre, con la fría y azulada noche contrastando perfectamente sobre ella.

Guillermo extrajo y prendió un cigarro, mientras examinaba cuidadosamente el panorama como una obra de arte. El aire que circulaba a esa altura era fresco y agitado; Guillermo desahogó como cascada el humo de su cigarro por la nariz, mientras contemplaba con sus ojos turbulentos la juventud de la noche.

-¿Qué le voy a traer, señor?- Preguntó el mesero con la carta entre sus manos.

Guillermo volvió a besar la cola de su cigarro y esperó unos segundos antes de contestar.

-Tráeme un mojito bien helado junto con una charola llena de papas a la francesa, por favor, Luis.

El mesero volteó a verlo extrañado y palpó el menú con las yemas de los dedos.

-Enseguida, señor.

El mesero se marchó y Guillermo se quedó solo en ese oscuro rincón con vista a la ciudad. Cerró los ojos y desembocó el humo por la boca, mientras analizaba lo miserable que era su asquerosamente adinerada existencia. Cualquier ser mortal daría lo que fuera por llevar una vida como la de él, algunos incluso serían capaces de vender a sus hijos con tal de recibir una cuarta fracción de lo que él poseía; pero como dicen, muchas veces el dinero no lo es todo en la vida. Antes de que pudiera continuar sintiendo lástima por sí mismo, el mesero llegó con su mojito y su charola de papas a la francesa.

-Ahí está lo que me pidió, señor Montero. ¿Necesita que le traiga algo más?- contestó al echarle un último vistazo a la peculiar combinación que yacía sobre la charola.

Guillermo apagó su cigarro con un semblante agrio y lo aventó hacia el abismo.

-Es todo por el momento, gracias, Luis.

El mesero continuó con su camino y Guillermo se echó una papa a la boca. Volvió a escanear el lugar con la mirada antes de llevarse otra a la boca, sin antes pasarse la que ya estaba masticando. Se recargó en su silla y volteó a ver con el ceño fruncido al resto de las personas en el bar, que a diferencia de él, parecía que estaban pasando un buen rato.

-Malditos miserables- susurró amargamente, al darle un sorbo a su mojito que sudaba frío como un hielo derritiéndose.

Mientras su interior se pudría lentamente por su profunda amargura, en la entrada del bar, vio cómo ingresaba la extrovertida pareja del elevador, portando otras prendas y con sus rostros un poco más frescos que hacía unos minutos. Guillermo se rio en lo bajo al recapitular en su cabeza semejante espectáculo, y le volvió a dar otro trago a su bebida, cuando algo repentinamente captó su atención. A tres mesas de él, las cuales estaban desocupadas, estaba sentada una joven de belleza exótica, cruzada de piernas. La joven con rasgos orientales, de cabellera negra que le caía por los hombros descubiertos, piel blanca y lechosa como la crema; con un vestido negro y corto que a duras penas cubría sus duras sentaderas, lo observaba detenidamente desde su asiento, mientras le daba un sorbo a una bebida azulada, que parecía tener una medusa lechosa reposando en su interior. Guillermo giró la cabeza hacia las mesas que tenía a los costados, pensando por un momento que su mente podría estar malinterpretando la situación, pero la obstinada mirada rasgada de la mujer no se desviaba hacia ninguna otra parte. Lo tenía acorralado en el rincón como un gato a un ratón. Guillermo se arriesgó decidido y le sonrió a la mujer, alzando su copa alto en el aire, gesto al que ella respondió con reciprocidad. Se rio y desvió su mirada nuevamente hacia el balcón, incrédulo.

"¿Cómo era posible que una joven con semejante belleza estuviera cortejando con un vejestorio como él?"

De preferencia, las jóvenes de su tipo buscaban a mayores adinerados en sitios como este, igual que él, pero mucho menos maltratados por la vida. Si lo que ella estaba buscando era dinero, él buscaba olvidar a toda costa los problemas que inundaban las mazmorras de su cabeza en ese momento; esa noche, estaba más que dispuesto a convertirse en su patrocinador, hasta que los rayos del sol renacieran como el ave fénix la mañana siguiente. Se echó otro puñado de papas a la boca como el gordito glotón que era, y volvió a voltear con la joven, la cual no le había despegado la mirada de encima en ningún momento. Su mesero deambulaba a unas mesas de él; esperó a que se desocupara, y lo mandó llamar con un ademán ondulado.

-Oye, Luis, ¿le puedes llevar un trago de lo que sea que esté bebiendo a la dama de enfrente, por favor?

El mesero volteó hacia la mesa y le dio una palmada en el lomo a Guillermo, con una sonrisa de orilla a orilla.

-Por supuesto, patrón. Enseguida.

El mesero se marchó y Guillermo volvió a encender otro cigarro, intentando mostrarse interesante ante la chica oriental. A los minutos, el mesero llegó a la mesa de la señorita y colocó otra copa con el mismo líquido azul sobre su mesa. Le musitó algo ininteligible al oído, volteando a ver a Guillermo y se marchó. Ella le regresó una sonrisa que selló su seductora mirada foránea y brindó con él a distancia. Guillermo levantó su copa y ambos le dieron el trago a sus bebidas al mismo tiempo. Al terminar, dos jóvenes anglosajones salieron de la nada y se acercaron a la mesa de la mujer. Guillermo le dio una suave fumada a su cigarro, mientras aquellos casanovas de piel pálida e insípida, intentaban estropear los pocos avances que llevaba. La joven asiática inmediatamente apartó su mirada de Guillermo, como si de repente hubiera perdido todo interés en él, y se giró hacia aquellos sujetos desalineados con una sonrisa.

Guillermo negó con la cabeza, riendo sin reír; si había algo que aprendió en tantos años de cortejo, socialité, y fiestas llenas de orgías que duraban días y noches enteras, era captar la indirecta de una mujer. Levantó sus cosas y caminó hacia la mesa de ella, erguido como un árbol, y con los hombros hinchados como un semental.

-Disculpe, señorita, ¿estos niños la están molestando?- Preguntó Guillermo al pararse de manera imponente detrás de los caucásicos con ropa simple y veraniega.

Ella le regresó su misteriosa e hipnótica mirada resguardada bajo sus párpados, como una hermosa perla negra que se asomaba del interior de una ostra, y volteó con los sujetos sin mutar su reluciente sonrisa.

-No, pero creo que ya estaban a punto de marcharse, ¿verdad, chicos?- Contestó la joven con un acento oriental suave y apacible que adornaba su voz.

Los sujetos se voltearon a ver, atónitos, y se levantaron de la mesa de mala gana, barriendo a Guillermo de pies a cabeza antes de marcharse.

-Muchas gracias por el trago- dijo la mujer al darle un sorbo a ese líquido azul con una medusa en su interior- y también por liberarme de aquellos hombres.

-No hay de qué- contestó Guillermo, sonriente, al tomar asiento y bajar sus cosas. -Y cuéntame, ¿qué hace una extranjera tan joven como tú hospedada en un hotel como este aquí en México?

La dama se sonrojó como una adolescente inexperta y rio nerviosamente ante su pregunta tan directa.

-No soy tan joven como crees- contestó ella. -Tengo negocios aquí en México y vine a atenderlos, como debe ser.

-¿En serio?- Preguntó Guillermo, desconcertado. -Pareces de la edad de mi hija; tiene veintidós años y lo único que sabe hacer es malgastar mi dinero. En ese caso, mis respetos- continuó. -Eres una empresaria bastante joven.

La mujer sonrió tímidamente y volvió a darle un trago a su copa.

-Descuida. Soy más grande que tu hija- contestó ella al robarle una papa de la charola. -Y dime, ¿qué hace un padre como tú, con esas canas tan interesantes y llenas de sabiduría, hospedado en un hotel como éste, comiendo papas a la francesa y bebiendo mojitos? ¿Eres mexicano, supongo?- Preguntó con una risa por delante.

-Así es, soy de aquí, de la Ciudad de México. Y no, no estoy de vacaciones, de hecho aquí trabajo.

-¿Cómo que trabajas aquí?- preguntó la misteriosa extranjera, extrañada, al volver a cruzar sus cremosas piernas que revelaron poquito de más bajo la falda del vestido.

-Bueno, soy dueño de este hotel. De vez en cuando me echo mis vueltas cuando no quiero estar en casa.

-¿Escapando de la esposa? ¿Señor?

-Guillermo Montero Suárez; y no, llevo más de separado de lo que duré de matrimonio- contestó entre risas. -Sólo que a veces van mis hijos a visitarme, pero sólo para pedirme dinero, como lo único que saben hacer los hijos de la chingada.

La joven asintió con la cabeza, y le extendió su delicada y suave mano, con las uñas pintadas de negro como su vestido.

-Bueno, Guillermo Montero, me llamo Mizuki Saito.

Guillermo tomó su mano con primor y la besó. Al alzar la cabeza, se mantuvieron la mirada por varios segundos en silencio.

-¿Japonesa?

-Sí, de Tokio.

¿Y qué clase de negocios tienes aquí en México, Mizuki?- Preguntó Guillermo, intrigado, al echarse otro puño de papas a la boca.

-Soy inversionista, invierto un poquito aquí y otro poquito allá. Acabo de invertir en una cadena de comida mexicana de un socio y quiero ver de cerca cómo van las cosas.

-Pues salud por tu éxito, Mizuki- contestó Guillermo al limpiarse la sal de los dedos con una servilleta y alzar su copa en el aire.

Los dos brindaron y se empinaron sus bebidas con premura; a partir de ahí, sus conversaciones tomaron giros culturales y trascendieron posteriormente a un nivel un poco más personal. A las dos horas de haber tocado aquellos temas, ya se habían encargado de pedir bebidas irracionalmente y se las empinaban como si no existiera un mañana, hasta el punto que sus lenguas no podían pronunciar las palabras que salían de sus bocas con fluidez. Guillermo arrastró la mirada lentamente hacia su ostentoso reloj de oro rosado con diamantes que le arrancaban destellos a la luz sobre su cabeza, y después la arrastró hacia su bella acompañante.

-Ya casi van a cerrar el bar, mamacita. ¿Quieres que te lleve a conocer la gran Tenochtitlan antes de que regreses a Japón?

La mujer reveló una sonrisa ebria, cerrando sus pequeños ojos pizpiretos, y se le acercó al oído paulatinamente, acariciándole la mejilla.

-La verdad preferiría que me llevaras a un lugar un poco más íntimo.

Guillermo peló los ojos como dos huevos gigantes de avestruz, mientras los vellos de la nuca se le erguían como agujas, al igual que algo más bajo su pantalón. El cincuentón no se la pensó dos veces y mandó hablar al mesero para pagar la cuenta en ese mismo instante. De ahí, partieron agarrados de la mano y tomaron el primer ascensor, donde ambos imitaron entre apasionados besos, rasguños, mordiscos, agasajos, y respiraciones agitadas, a la pareja con la que se había topado Guillermo ahí mismo hacía unas horas. En el estacionamiento le entregaron su primoroso Bentley, y como si fueran dos adolescentes ebrios y dispuestos a morir jóvenes esa noche, salieron pavoneándose de ahí a toda velocidad y derrapando llanta. Los dos se detuvieron en una licorería a unas cuantas cuadras del hotel para abastecerse de alcohol, y, entre risas y bromas, Guillermo le preguntó al ascender nuevamente al auto, con una rosa prensada entre sus dientes como todo un romántico de película:

-¿Qué te parece si vamos a seguirla a mi casa?- Preguntó con una sonrisa que se caía de ebria.

Mizuki le arrancó la rosa con los dientes y comenzó a besarlo en el cuello, enloquecida, y a acariciar su entrepierna, lo que orilló a Guillermo a estremecerse en su asiento forrado de la piel más fina, y a engarrotar sus dedos como cadáver alrededor de un volante con un escudo alado, con una B plateada plasmada en su centro.

-Adonde tú quieras, pero llévame ya- contestó ella, jadeante, sin autocontrol de sus impulsos más básicos.

Guillermo comenzó a sentir unos piquetes punzantes y dolorosos allá abajo; su cuerpo lo torturaba sin piedad a fuertes aguijonazos y calambres, mientras él mismo se encargaba de alimentarlo con todo tipo de estimulaciones. Desesperado por liberarse de aquel suplicio, encendió el auto y arrancó a toda prisa, hasta llegar a su impresionante residencia. Allí, estacionó el auto en una cochera repleta de autos de lujo, y se llevó cargando a Mizuki por las escaleras a toda prisa, donde sus prendas fueron cayendo y trazando un camino que conducía hasta su habitación.

-¿No están aquí tus hijos, verdad?- Preguntó Mizuki desnuda entre sus brazos, con la nariz rojiza como una bombilla navideña después de tantos besos. Ella tenía los costados de la cintura decorados por unas rosas rojas como el sol naciente de su madre patria, envueltas alrededor de unas telarañas negras y otros diseños orientales.

-No, gracias a Dios los dos viven con su madre y mi sirvienta regresa hasta el lunes- contestó Guillermo, desesperado, al callarla nuevamente a besos.

Dentro de la habitación, Guillermo la recostó sobre su enorme cama de sábanas sedosas color perla.

-¿No eres de la yakuza, verdad?- Preguntó Guillermo en tono ebrio, mientras admiraba la belleza de su artística desnudez, parado al pie de la cama.

-Me temo que no- contestó Mizuki, sonriente. -Aunque si lo fuera, ¿me rechazarías así como estoy?

-Todo lo contrario, chula. ¡Me encanta el peligro!- Exclamó él, al comenzar a desabrocharse el pantalón, trabajosamente.

Guillermo se preparaba para abalanzarse sobre ella como un león y refugiarse dentro de su reconfortante y cálida humedad, cuando ella lo apartó, colocando su suave y delicado pie sobre sus afelpados pectorales flácidos como gelatinas.

-¿No me vas a preparar una margarita antes de empezar, guapo?- Preguntó ella, al cubrir su terso cuerpo desnudo y tatuado, con las sábanas sedosas de la cama.

-Está bien, pero no te vayas a quedar dormida, ¿eh?- Exclamó Guillermo al correr desnudo por las escaleras, mientras las carnes le rebotaban de arriba hacia abajo.

Mizuki se quedó recostada en la cama, vislumbrando las fotos en el buró, hasta que Guillermo regresó con dos margaritas. Se enderezó de la cama sin destaparse, le dio un sobro a la suya, y la meneó con la punta de su dedo.

-Ahora dime, ¿sólo eres bueno para preparar margaritas o también eres bueno para otras cosas?- Preguntó Mizuki, al hacerlo beber de su copa.

-De hecho soy mucho mejor haciendo otra cosa- contestó Guillermo al atacarla a besos, mientras la sostenía en sus brazos. -¡No sabes lo que te espera!

Después de haber ingerido el primer trago, la mirada de Guillermo comenzó a nublarse y su cuerpo empezó a debilitarse de manera súbita. Entre las manchas borrosas que se formaban frente a él, el rostro de Mizuki comenzó a difuminarse con una sonrisa, mientras acariciaba delicadamente sus mejillas antes de desaparecer frente a sus ojos. Aquella noche no se supo más de nuestros amantes efímeros, hasta que transcurrieron unos días, cuando una señora uniformada se bajó de un taxi con unas maletas y abrió el portón de la pomposa residencia. Al ingresar, la quijada se le cayó asombrada, al ver la vasta cochera de la gran residencia vacía, sólo con el Bentley estacionado y la puerta de la entrada abierta a sus anchas. La mujer soltó la maleta e ingresó apresuradamente a la casa, la cual estaba hecha un rotundo desbarajuste.

-¡Señor Guillermo, ya llegué!- Exclamó la mujer asustada y con la voz cortada, esperando recibir una respuesta.

En la sala, habían cuadros regados y desechos sobre el piso, reliquias costosas ausentes de sus bases, y muebles volteados y desgarrados por todas partes. La mujer perturbada ante el desastre y el silencio que contrastaba con el inquietante escenario que tenía enfrente, subió las escaleras con premura y entró a la habitación de su patrón. Al abrir la puerta, la mujer gritó como demente, al ser azotaba por una fulminante ráfaga de aire fétido y encontrar el cuerpo desecho de Guillermo, atado a la cama de las muñecas y los tobillos, con unas gruesas sogas pegajosas que parecían estar tejidas por gruesas telarañas, con el torso desecho a lo que parecían mordidas y zarpazos a simple vista, y con las vísceras desparramándose por los costados. El cuarto de Guillermo no se había salvado del desastre; aparte de las paredes manchadas de sangre y una viscosidad negra y maloliente embarrada a la redonda como una especie de jalea, había lo que parecían pelos gruesos y negros de una enorme criatura repugnante, adheridos a ella. Por si eso no fuera poco, su clóset estaba abierto y saqueado de todo aquello que tenía valor. La mujer emparejó el clóset, mientras sollozaba con las manos sobre la cara, incrédula, cuando en el piso vio algo entre la ropa de su jefe. La mujer levantó con las puntas de sus dedos una rosa seca y café como la sangre que cubría las sábanas perladas de Guillermo, envuelta delicadamente en lo que parecía una tanga negra de encaje. La mujer redirigió su aterrada mirada nuevamente hacia su patrón y vio cómo su carcasa comenzaba a agitarse como por obra de nigromancia. Por la boca y bajo las malolientes entrañas de aquel adinerado difunto, comenzaron a escurrirse pequeñas arañas peludas, que parecían más bien crustáceos de los abismos del océano, bañadas en fluidos *post mortem*, con un hambre voraz por la carne humana. La mujer estalló en llanto y corrió hacia la puerta, tambaleándose y tropezándose con todo a su paso, cuando sintió cómo una plasta peluda, que le quemaba la piel como fuego, le cayó por encima y comenzaba a devorarla viva, arrancándole la piel de la carne a pequeñas tarascadas. La mujer cayó al suelo, agonizando a surcadas sobre la película de sangre seca que cubría el piso, cuando finalmente sucumbió ante su desafortunado final. Antes de sellar los ojos para librarse de aquella agonía, dirigió la mirada por última vez hacia el clóset, donde vio cómo un rostro de piel mortecina, con algunos mechones de cabello sobre su desfigurado rostro macabro, con ocho ojos largos y rojos como la sangre, le sonreía por detrás de la ranura de la puerta, con una sonrisa llena de colmillos afilados, unos encima de otros, que goteaban un líquido negro y espeso. De la ranura de la puerta, surgió un brazo largo, delgado y negro, cubierto de aquellos mismos pelos oscuros; la mano tan pequeña como la de un infante tomó a una de aquellas criaturas acorazadas de la espalda de la mujer y la trituró en su boca, mientras abría su estómago para el platillo final.

LA LIMPIA

Nadie advirtió de ello hasta que ocurrió; hicimos caso omiso a las advertencias hasta que fue demasiado tarde. Los fanáticos lo llamaron: "el segundo diluvio"; la comunidad científica lo llamó: "el derretimiento de los polos". Al final de cuentas nada de eso importó, cuando una mañana fresca, de cielos oscuros y nebulosos, todos los ciudadanos de la tierra despertamos ante una anomalía ofusca y extrañamente placentera.

El aire que alimentaba nuestros pulmones y acariciaba nuestros rostros con exquisita delicadeza aquella mañana, cargaba con él un delicioso y peculiar aroma a sal, similar al de la brisa del mar. Cuando especifiqué que todos los ciudadanos de la tierra encontramos esta rareza natural placentera, no extrapolé, fue literal. Todos los ciudadanos de todos los países del planeta, detuvimos lo que estábamos haciendo en ese momento para formar parte de esa horripilante majestuosidad. Algunos nos quedamos erguidos donde estábamos, otros cuantos se sentaron en sus porches, mientras otros se detenían en medio del tráfico, pero absolutamente todos nos detuvimos con la misma finalidad, para ser acariciados por esa deliciosa brisa salada.

Al principio, todo era encantador; los niños corrían por todas partes, eufóricos, con sus lenguas de fuera como cazuelas para recoger la salada prisa del aire, mientras los adultos disfrutábamos de nuestra ración con más tranquilidad y la aspirábamos como si se tratase de una droga creada por manos celestiales e inofensivas. Todo fue perfecto por unos minutos, hasta que el cielo adquirió un color bastante curioso. Los matices grisáceos que cubrían nuestra bóveda celeste fueron usurpados por una tonalidad azulada y singular, no como la del cielo, sino mucho más fuerte, como la del océano. Todo fue tan rápido, que ninguna nación pudo advertir al resto del mundo de lo que estaba por acabarnos. Cuando despertamos del embeleso en el que nos envolvió la brisa, ni siquiera pudimos lograr sentir pavor, ya que fue demasiado tarde. Una muralla compuesta de agua, de dimensiones bíblicas, comenzó a arrasar con todo lo que la humanidad había llegado a conocer y a construir, enterrando sus despojos en lo más profundo de ella.

DULCES SUEÑOS HÚMEDOS

A las dos de la mañana en punto, una mujer despertó de su letargo, jadeante, sudada y con fuertes espasmos en los muslos. Tenía una camisola estriada adherida a su piel, y reposaba encima de un charco frío y húmedo en su colchón. La mujer se levantó desconcertada de la cama, y con la mente aún nublada, caminó entre la oscuridad hacia la cocina. Se sirvió un vaso de agua que le supo tan dulce como una cucharada de miel, y se lo empinó con calma, mientras rebobinaba en su mente el sueño que acababa de tener. No la malentiendas, no fue una pesadilla lo que tuvo hace un instante, sino todo lo contrario. Tal fue el impacto que tuvo aquel sueño tan estimulante en ella, que mientras bebía, con la otra mano se levantó la camisola y se palpó la ropa interior para verificar la gravedad de la situación.

Estaba empapada en su misma viscosidad, y quién podía culparla; el sueño se había sentido tan real, que inclusive sentía las paredes de su vagina magulladas por tan culminante acto. Temerosa a que sus hijos despertaran y la vieran en tales condiciones, o peor aún, con el miedo de que su hijo más pequeño se despertara para continuar con su sueño en la cama de ella, se empinó el vaso de agua con premura y se encerró bajo seguro en su cuarto. Se arrancó de un tirón su camisola bañada en sus fluidos corporales y se cambió de ropa interior. Se recostó bocabajo en el costado de la cama que estaba seco, esta vez portando solamente ropa interior.

Llámenla una pervertida o una insatisfecha sexual, pero de algún modo ella deseaba remontar aquel sueño que la había dejado sin aliento. Mientras comenzaba a conciliar el sueño de nuevo, sintió de repente cómo algo pesado se hundió en una orilla de su cama. Peló los ojos como pelotas y giró la cabeza hacia aquella dirección, ya que era imposible que fuera uno de sus hijos. No había nadie; el tenue y azulado haz de la luna que atravesaba su ventana no reflejaba nada inusual dentro de su modesto aposento. Volvió a plantar la cabeza en su almohada, pensando que quizás todo era parte de su imaginación, como lo había sido ese sueño que la había dejado empapada, temblando y pidiendo más, cuando sintió algo semejante a una uña, larga y gruesa como la hoja de un cuchillo de cocina, recorrer lentamente la escisión de sus glúteos de abajo hacia arriba.

La mujer saltó y rebotó horrorizada en el colchón. Se estremeció en la cabecera de su cama, envuelta en sus cobijas, esta vez con la certeza de que lo que había sentido fue real. Los vellos de su cuerpo estaban erizos como las púas de un pez globo y su cuerpo estaba hecho un nudo sólido de nervios. Mientras la mujer bailaba sus ojos gelatinosos violentamente por cada rincón del cuarto, notó que su ventana se ofuscaba con una premura inquietante. Fijó sus ojos al instante en su ventana y lo que vio le helaría la sangre como aguas árticas. Detrás de su ventana, estaba una silueta negra y alta, se podría decir que hasta humanoide, observándola inmóvil a través de las cortinas. Las posibilidades de que fuera alguien real o de este mundo quedaron descartadas casi de inmediato, ya que ella vivía en la tercera planta de un complejo de departamentos. Se resguardó bajo la protección inútil de sus sábanas, indefensa, hecha bola y estalló en llanto, aterrada.

Lo que fuera que estuviera levitando allá afuera de su ventana, de alguna manera había logrado infiltrarse por los muros, y de un tirón vertiginoso, le arrancó de encima las sábanas con un salvajismo paranormal. La mujer gritó frenética, pero enseguida una fuerza gélida e invisible paralizó su cuerpo entero, dejándola inmóvil como a la víctima de un derrame cerebral. Sintió cómo esas frías uñas largas como carámbanos comenzaron a arañar su cuerpo de pies a cabeza con una fuerza maliciosa, lo suficiente para no abrirle la piel, como si estuviera jugando con ella o preparándola para algo más. La mujer lloraba incesable e inmóvil como alguien que estaba a punto de presenciar su muerte, mientras sentía a aquella presencia gélida e invisible montarse sobre ella. De pronto, sus ojos saltaron de sus cuencas y sus lágrimas comenzaron a correr con más fluidez, al sentir cómo esa cosa comenzaba a penetrarla lentamente, hasta refugiarse dentro de ella por completo.

En cuanto la entidad se sintió abrazada por su interior, comenzó a saciarse con ella despiadadamente, enterrándole las largas uñas ocultas al ojo humano en la piel y abriéndola a tajadas con una facultad bestial. La mujer sentía el ardiente rozar de las sábanas lamer sus heridas desde adentro, como si aquellas estuvieran bañadas en jugo de limón. Intentaba gritar, pero parecía que nadie la escuchaba, o al menos el rechinar del colchón y el golpeteo de la cabecera se lo impedía. El calor que creció en su cuerpo la bañó nuevamente en sus jugos, pero esta vez impregnándola con la fragancia exclusiva del pavor, mientras el creciente olor a sangre le batía las entrañas junto con lo que fuera que estuviera refugiado en lo más profundo de ella. Aquella cosa, después de penetrarla incontables veces con una fuerza desmesurada, finalmente había saciado su masculinidad en ella y la desechó al instante como un condón usado.

La mujer quedó destrozada bajo un charco de sangre y con las extremidades dobladas a lados opuestos, sobre el colchón; intentó moverse, pero sentía cada músculo del cuerpo despedazado. Como pudo, se enderezó en la cama, con sus brazos colgando hacia todas partes y volteó a verse el pelvis. Su ropa interior estaba desgarrada y su entrepierna había bañado las sábanas en su misma sangre. Se desplomó nuevamente sobre el colchón, llorando inconsolable, cuando sintió algo espeso y viscoso fluir fuera de ella, entre sus muslos. Con un dolor que la hizo castañetear los dientes, se llevó los dedos cautelosamente hacia su entrepierna, y al devolverlos nuevamente hacia sus ojos, entre la sangre que le escurría encima de las yemas, había una viscosidad blanca corriéndole entre la sangre.

JUEGOS PARA MENTES RETORCIDAS

En medio de una terracería resguardada entre costados de abundante maleza moribunda, a avanzadas horas de la noche, una patrulla atendía una llamada anónima en uno de muchos fraccionamientos precarios y posapocalípticos pertenecientes al municipio de Tlajomulco, en Jalisco. La camioneta levantaba nubes de tierra detrás de la tracción de sus llantas, mientras las puntas de unas casas deterioradas comenzaban a asomarse por detrás de la hierba en el camino.

-¡Qué horrible está por acá, chingado!- profirió el policía que iba al volante, con asco, al divisar el panorama inmundo y paupérrimo que se extendía ante sus ojos. -¿Cómo es que la gente se viene a vivir a estos fraccionamientos tan culeros en primer lugar?

Su compañera, quien disfrutaba de un café de tienda de autoservicio, volteó a verlo con una mirada amenazante.

-Yo vivo en un fraccionamiento así como éste con mi mamá, Javo- contestó al besar su vaso. -¿Qué tiene de malo?

La patrulla se introdujo a una calle poco alumbrada, con hileras interminables de pequeñas casas descuidadas, la mayoría abandonadas, donde parecía que reinaban jerarquías despóticas de jóvenes desubicados y jaurías de perros mestizos en cada esquina, quienes los seguían con sus miradas desafiantes hasta quedar atrás y convertirse en manchas borrosas sumidas en la oscuridad de la noche.

-¡Por Dios, Nina! ¿No me digas que está así de horrible por donde vives tú? ¿También reportan fosas clandestinas en las casas abandonadas de tu fraccionamiento a diario?

La mujer volvió a dirigir sus ojos hacia su compañero, esta vez, encañonándolos como los feroces cañones de una escopeta.

-Ya mejor cállate y sigue conduciendo, cabrón. Que tú vives en Tlaquepaque sólo porque tus papás te prestaron la casa- contestó la oficial Nina, al atisbar con los ojos entrecerrados los deteriorados números de las casas. -Detente, creo que es aquí.

La camioneta se frenó súbitamente frente a una casa abandonada, igual de horrible que las demás. Todas parecían enormes cajas de zapatos, construidas con un ventanal enorme y singular que abarcaba la mitad de la fachada, los cuales estaban hechos añicos dentro de sus tétricos interiores.

-La persona dijo que no se adentró a la vivienda a investigar por miedo, pero que vio a alguien ingresar a la casa con una bolsa negra antes de las once, y que cuando se acercó a la entrada a husmear, que le llegó un olor penetrante, que como a perro muerto- explicaba el oficial Javo, sin despegarle la mirada de encima a la fachada de la vivienda.

-¡Bienvenido a Tlajomulco, Javo!- contestó Nina al quitarse el cinturón de seguridad y abrir su puerta, con una leve sonrisa embarrada de sarcasmo, pintada de mejilla a mejilla. -Veamos qué misterios nos aguardan en este lugar.

Los policías descendieron del vehículo y comenzaron a atravesar la jungla que se interponía entre la calle y la entrada de la casa. Javo prendió y alzó su linterna, mientras Nina sujetaba con firmeza la culata de su arma. La casa había sido despojada de todas sus puertas y su cableado desde hacía tiempo. Ingresaron cautelosamente, apuntando el haz de sus linternas hacia todas partes. En el espacio que se suponía que abarcaba la cocina y la sala, había basura de todo tipo regada, condones usados, heces de sabrá Dios qué en las esquinas, y fragmentos de vidrios que brillaban como diamantina bajo sus suelas negras. Los muros estaban rayados por garabatos indescifrables de colores comunes y un olor fétido penetraba sus narices con obstinada hostilidad.

-¡No mames! Creo que el olor proviene de aquel espacio- contestó Javo al contraer la nariz con repulsión y fijar su linterna en aquella dirección.

Nina avanzaba detrás de él, nerviosa, entre tanta podredumbre, mientras su corazón latía a mil por hora al ver cómo una manada de perros callejeros rodeaba la fachada de la casa y ladraba incesablemente, llamando la atención de los jóvenes malencarados que merodeaban la zona.

Javo asomó su cara sudada en el cuarto que originaba la pestilencia, mientras voces distorsionadas se comunicaban a través de sus radios y hacían eco en los muros de la casa. En cuanto se asomó y sus ojos hicieron contacto con el hallazgo, el hombre salió corriendo hacia la sala, con las manos sobre la boca, haciendo un alboroto que se podía escuchar en toda la cuadra.

-¡Nina, no entres!- Exclamó Javo al sucumbir a la histeria, vomitando bilis descontroladamente sobre los fragmentos de vidrio. -¡Por lo que más quieras, no vayas a entrar!

Nina sintió cómo se contagiaba inmediatamente del miedo que emanaba Javo y también cómo sus ojos se volvían vidriosos e inestables con tan sólo verlo. Volteó hacia aquel espacio negruzco y caminó, sin importarle lo que le hubiera ordenado su compañero, y apuntó el haz de su linterna hacia el pequeño espacio. Inmediatamente se llevó las manos a la boca y dejó caer su linterna, estupefacta, ante la atrocidad que su mente era incapaz de procesar. En ese nauseabundo recoveco que conformaba el baño, reposaba el cuerpo de una niña pequeña y rubia, sentada en una esquina de un rincón azulejado.

La pequeña tenía una varilla atravesando su cabeza y el rostro cubierto en una película de sangre seca. Sus manos habían sido mutiladas e insertadas con una brutalidad meticulosa en su boca, con sus tiernos dedos hacia afuera como si intentasen representar colmillos ensangrentados. Nina volteó con Javo, aterrada, sin poderse contener las lágrimas.

-Creo que ya encontramos a la hija de los Barrera Sanz.

CUENTOS QUE
TE **ESPANTARÁN EL**
SUEÑO
se terminó de imprimir
en marzo de 2021
en los talleres gráficos
de Amateditorial, S.A. de C. V.
Prisciliano Sánchez 612, Colonia Centro
Guadalajara, Jalisco
Tel.: 36120751 / 36120068
amateditorial@gmail.com
www.amateditorial.com.mx
Edición al cuidado del autor